守る手 襲う手

Mamorute osoute ; YŪ HIZAKI

火崎 勇

もえぎ文庫

守る手 襲う手

contents

守る手　襲う手

鳴り響《ひび》く目覚まし時計の音。

いつもならすぐに止めて起き上がるのだが、今日はそれを鳴りっぱなしにさせていた。

この音は俺の目を覚まさせる音ではなく、呼び出し音だ。

俺、浜名《はまな》晴《はる》は一昨年《おととし》まで実家暮らしの大学生だった。

学生結婚の両親と、一つ年上の姉貴との四人暮らし。

だが去年、俺の卒業を目前《もくぜん》にして、姉貴《あねき》が結婚し、出産のために実家に戻ることが決まった。

お義兄《にい》さんとなった人が、二年間の海外転勤《てんきん》で、妊娠《にんしん》していた姉貴はついてゆかずに実家で出産することを決めたのだ。

正直言って、浜名の実家は大きな家ではなかった。

父さんが頑張《がんば》ってローンを組んだマイホームだけれど、家族四人でいっぱいいっぱい。赤ちゃんが生まれれば、かなり手狭《てぜま》となるだろう。

そこで俺は両親に申し出た。

ちゃんと就職《しゅうしょく》もできたんだし、一人暮らしがしたい、と。

姉貴は気にして留《とど》まるように言ってくれたが、俺としては一人暮らしは憧《あこが》れだったので、どうしても出て行きたいと言い張った。

けれど当時の俺は炊事洗濯《すいじせんたく》等家事は母親任せ、しかも大学卒業したとはいえ親にとってはまだ子供扱い。

姉貴の気遣《きづか》いとは別に反対を受けてしまった。

そこで家族会議の結果、決められたのが母さんの弟である鳥谷真樹夫《とりたにまきお》、真樹夫ちゃんの隣《となり》に住むならということだった。

真樹夫ちゃんは母さんの弟だけれど、母さんとは一回りも違いまだ三十代の若さで、小さなダイニングバーを営んでいる叔父《おじ》さんだ。つまり、俺とも一回りぐらいしか離れていないので、俺達親子の真ん中、ということになる。

むしろ一つ、二つだけど俺の方が母さんより歳が近い。

姉貴が生まれて真樹夫ちゃんが『叔父さん』となったのが小学生の時だったので、姉貴も俺も彼を『叔父さん』なんて呼んだことはなく、ずっと『真樹夫ちゃん』扱いだった。

物心ついた時から、その真樹夫ちゃんは我が家に出入りしていた。

なので叔父さんというより歳の離れたお兄さんみたいなもので、すっかり家族の一員だった。

その真樹夫ちゃんの隣に住むのだったら大丈夫だろうということで許可《きょか》が下りた。

普通なら叔父さんの監視《かんし》付きなんて、と嫌がるところだろうが、俺としては大歓迎《かんげい》だった。

というか、俺の独立はそれを狙《ねら》ってのことだった。

だって、俺は真樹夫ちゃんが好きだったから。

ただ懐《なつ》いているというだけではない、もうずっと前から、俺は真樹夫ちゃんに恋をしているのだ。

彼に恋人がいないのはわかってるし、真樹夫ちゃんが過保護《かほご》なほど俺を可愛《かわい》がってくれてることにも自覚がある。

それでも、未《いま》だ俺は告白していなかった。

叔父と甥《おい》だからというわけじゃない、男同士だということも今時なら問題ではない。というか、そもそも男同士なら叔父だろうが血縁《けつえん》だろうが関係ないし。

俺と真樹夫ちゃんの間には、もっと大きな問題があるのだ。

それを乗り越えない限り告白はできないが、好きな気持ちは止められないから、目覚ましを鳴り響かせる。

何故《なぜ》か？

それは俺の寝室の壁の向こうが真樹夫ちゃんの寝室だからだ。

こうしていつまでも目覚ましを鳴り響かせていると…。

うちの親から合鍵《あいかぎ》を預かってる彼が玄関《げんかん》のカギを開ける音がする。

「晴」

と俺の名前を呼んで、彼が寝室のドアを開ける。

「晴！」

遠慮《えんりょ》もためらいもない怒声《どせい》。

いきなり捲《めく》られる布団《ふとん》。

「んー…」

「起きろ。遅刻《ちこく》するぞ」

でも俺は目を開けなかった。

「あと五分…」

声の主《ぬし》に背を向けて身体を丸める。

「そう言って五分で起きたことないだろ。ほら、起きろ」

すると、腕を取られ、無理やり身体を引き起こされた。

ここでやっと眠そうに擦《こす》りながら目を開けると、そこには長い髪をした、中年と呼んでは可哀想《かわいそう》な、でも青年と呼ぶには微妙な年齢の男性が立っていた。

顎《あご》にちょっと不精髭《ぶしょうひげ》があるところがむさ苦しいが、そこを抜きにすればファッション系のイケメンと呼んでもいいだろう。

「ほら、しゃっきりしろ。まったく、どうしてお前はこんなに寝汚《いぎたな》いんだ」

「…うん」

「晴！」

上半身だけ起こしたまま頭を垂《た》れて固まる俺の耳元で、もう一度真樹夫ちゃんは俺の名前を叫んだ。

「昨日仕事で寝るのが遅かったんだよ…」

「仕事で遅いのは仕方ないとしても、今日遅刻していいわけじゃないだろ」

「朝ご飯抜けばもうちょっと寝られるもん」

彼の言葉を無視してもう一度倒れ込もうとすると、真樹夫ちゃんの腕がそれを止めた。

「寝るな」

「…眠い」

「今すぐ起きたら、メシ作ってやるぞ」

そしていつもの譲歩案《じょうほあん》が提示される。

「…ホント?」

「だから起きろ」

「わかった…。起きる」

「戻ってきた時にまた寝てたら食わせないからな」

「はーい…」

彼はタメ息をつくと、朝食を作るために一旦《いったん》俺を置いて部屋を出て行った。

玄関のドアが閉まる音を聞いてから、俺はパチッと目を開けた。

「やった、真樹夫ちゃんとご飯」

ひょいっとベッドから下り、そのまま足取りも軽《かろ》やかに洗面所へ向かう。

そう。

これが俺の狙いだった。

母さんからくれぐれも俺のことを頼むと言われている彼は、壁越しに隣室《りんしつ》から聞こえて来る鳴り止まない目覚ましに、こうして起こしに来てくれる。

食事が一緒にしたいのなら、誘《さそ》えばいい。

真樹夫ちゃんなら、断ったりしないだろう。

なのに何故、朝も早くから目覚ましを鳴り響かせ、壁越しに彼を呼ぶのか？

それは、彼に、俺がまだまだ手のかかる子供だと思わせておきたいからだ。

まだ『好き』と告白はできない。でも遠くに行ってしまうのは困る。

かといって、本当に子供扱いされるのも嫌。

彼を繋《つな》ぎ留めるために考えた苦肉の策が、この『寝起きが悪くて起こしてやらなくちゃならない』というポジションだ。

もちろん、毎日使ってるわけではない。

仕事をしている彼の負担《ふたん》になるのは嫌なので、ちゃんと真樹夫ちゃんが早く戻って来た日の翌日をターゲットに何日かおきにしてる。

それにこの手を使うと、俺にはもう一つメリットがあった。

「晴、起きてるか」

「起きたよ」

戻って来た真樹夫ちゃんはいい匂いのする皿を手にしていた。

「んー、いい匂い。何？」

ダイニング・バーをやってる真樹夫ちゃんの手料理だ。

「パスタ。野菜も摂《と》らないとダメだからな、ブロッコリーのクリームパスタだ」

「ブロッコリー、キライ」

俺が『うえっ』という顔をすると、真樹夫ちゃんはにやりと笑った。

「そう言うだろうと思って、ミキサーにかけてクリームソースに混ぜてあるから、食べてもわからねえよ」

自信満々な顔。

彼が作る料理が美味《うま》いなんてよくわかってる。だからこの『うえっ』もポーズだ。好き嫌いがあるから、それをわかっててくれる真樹夫ちゃんの料理が一番好き、という。

「ワイシャツに飛ばすなよ」

「飛ばさないよ」

一応リビングと呼んでいる、玄関から入ってすぐの小部屋にあるテーブルの上、二人分の皿が並ぶ。

皿の中には淡《あわ》いグリーンのソースの上に角切りのベーコンがゴロゴロと入ったパスタ。見た目からして美味《おい》しそうだ。

小さなテーブル越し、向かい合って好きな人と摂る朝食。

いいよね。

「いただきまーす」

「お前ももう社会人なんだから、一人で起きられるようにしなきゃダメだろう」

「ほぼ起きてるじゃん」

「起きてないだろう。今日だって起こしてやらなかったら何時まで寝ていたんだか」

「朝メシ抜けば十分起きられたもん」

「朝食は抜くなって姉さんに言われてるだろ」

「じゃ、コンビニでおにぎりでも買って、会社で食べる」

「全く…、ああ言えばこう言う」

「そんなことないよ。心配してくれてるから答えてるだけ。本当は毎日朝ご飯食べた方がいいのはわかってるさ。でも、どうしても起きられない時ってあるじゃん？」

「まあな」

「今夜は、お店の方に夕飯食べに行ってもいい？」

「いいぞ」

「これで夕飯もバッチリだね」

「できれば自分で作れるようになって欲しいんだがな」

「作れるよ。ただ、俺のより真樹夫ちゃんの料理のが美味しいんだから仕方ないじゃん」

「それゃ俺はプロだからな」

「朝からプロのご飯が食べれて光栄です。給料出たら、何かお礼するね」

「いいよ、自分のために使えよ」

「ダメ、ダメ。お礼をちゃんとしないと気軽にタカれないじゃん」

「はい、はい。ほら、さっさと食え、時間なくなるぞ」

言いながら、彼はテーブル越しに手を伸ばし、俺の頭を撫《な》でた。

その瞬間、俺は自分が緊張《きんちょう》していることを悟《さと》られないように、パスタを山ほど口に詰め込み、咳《せ》き込んだ。

「慌《あわ》てて食うな、落ち着け」

「ん」

それがワザとだと気づかず、笑う彼に、俺も笑い返した。

この緊張が、告白を妨《さまた》げてるんだよな、と思いながら…。


物心ついた時から、真樹夫ちゃんは我が家にちょくちょく顔を出していた。

実家が近いわけではないのだが、母さんが若くして二人の子持ちになったことを心配して、わざわざ手伝いに来てくれていたのだ。

買い物や洗濯や料理、俺と姉貴の世話もしてくれていた。

なので、俺だけじゃなく姉貴も、子供の頃は『大きくなったら真樹夫ちゃんのお嫁さんになる』と言っていたくらいだ。

優しいし、顔はいいいし、当時は不精髭もなかったし。多分、学生時代はかなりモテたんじゃないかな、と思う。

鳥谷の一族はきっと美形家系なのだ。

真樹夫ちゃんの姉である母さんも美人だし、姉貴も母親に似て美人だ。

かくいう俺も、小さい頃は姉貴と並んでると「可愛い姉妹《しまい》ねぇ」と言われ、大人になった今でも、職場のお姉様達にアイドル系の可愛い顔と言われている。

目は大きいし、肌は白いし、鼻筋は通っていながら丸みを帯《お》びていて、顎も細い。

高校の文化祭で女装した時は、自分でも鏡を見て違和感なさすぎと思ったくらいだ。

だから男が好きになった、というわけではないのだけれど…。

誰からも可愛がられる子供。

当然、真樹夫ちゃんも俺達を可愛がってくれた。

だが真樹夫ちゃんが思春期《ししゅんき》だったということもあったのだろう。彼は女の子である姉貴より、俺を連れ歩いてくれることが多かったと思う。

それに女の子の方が成長が早くて、小学校の高学年になると、どんなに憧れていても叔父さんとよりも友達と遊ぶ方を優先させていたので。

でも俺は小学生になっても、真樹夫ちゃんにべったりだった。

今思うと、あの時から好きだったのかも知れない。

そんなに長いこと彼だけが好きだったのに、未だに俺の面倒《めんどう》を見てくれるほど、彼に好かれてる実感もあるのに、何故恋に踏《ふ》み出さないのか？

それは、俺が小学校五年の夏だった。

その年、姉貴は通っていた英語塾《じゅく》の合宿で家を空《あ》けていた。

「向こうでロッジに泊まって、馬にも乗るの」

出掛ける前にそう自慢《じまん》げに言われていた俺は、残されてしまったことが大いに不満だった。

自分だって合宿に行きたい、お姉ちゃんのオマケでいいから、と言ったのだけれど、その塾に通っていなかったので却下《きゃっか》されてしまった。

置いていかれた不満。

家の中、一人だけで残る寂《さび》しさ。

不機嫌極《ふきげんきわ》まりない俺のために呼ばれたのが、真樹夫ちゃんだった。

「悪いんだけど、ちょっと相手してやってくれる？」

母さんにそう言われ、彼は姉貴のいない週末、ずっと我が家に泊まることとなった。

大好きな真樹夫ちゃんを独占《どくせん》できる。

それは、知らない人々が集まる合宿より、俺にとっては魅力的《みりょくてき》だった。

その上…。

「駅前にポスター貼《は》ってあったけど、近くの神社でお祭りあるの？　だったら俺が連れてってやってもいいよ？」

という誘いの言葉を口にしたのだ。

「あれ、ちょっと遠いのよ？　国道沿《ぞ》いにずっと行ったところだから」

「いいよ。晴も少し楽しい思いさせてやらないと」

「…そうねえ。子供同士だと危ないけど、真樹夫が一緒に行ってくれるんなら」

棚《たな》からボタ餅《もち》と言えばいいのだろうか。

その日、父さんのお客様が来るから連れて行けないと言われていたお祭りに、真樹夫ちゃんと二人で行けることになろうとは。

もちろん、俺は喜んだ。

だって、親と違って真樹夫ちゃんなら『あれをしちゃダメ』『これをしちゃダメ』だなんて言わないし、当時既《すで》に大学を卒業していた彼はお金も自由に使えていたので、これはきっと屋台《やたい》の食べ物とか買ってもらえるだろうと。

母親が出してくれた浴衣《ゆかた》に着替え、真樹夫ちゃんも父さんの浴衣を借り、日が暮れてから二人でお祭りへ向かった。

だが…、その時のことを、俺は殆《ほとん》ど覚えていなかった。

家からバスに乗り向かったはずの神社は大きいもので、わざわざ遠方《えんぽう》から祭りに来る人もいるくらいの賑《にぎ》わいだった。

神社の参道にはアセチレンランプに照らされる屋台の群れ。

浴衣を着た人々。

ハッカパイプを買ってもらい、喜んで踏み締《し》める砂利道《じゃりみち》。

楽しかった。

多分、途中までは。

何故『多分』かと言うと、俺はその日のことを殆ど覚えていないので。

祭りに向かって、真樹夫ちゃんに手を引かれ、夜店を覗《のぞ》いているところから、いきなり記憶《きおく》は真っ暗な道を真樹夫ちゃんに背負われて進んでいるところまで飛んでいた。

「おかえりなさい。あら、どうしたの？」

と言う母親の声は覚えていても、顔は思い出せない。

「ごめん、俺がちょっとイタズラして転ばせちゃって」

真樹夫ちゃんの声も覚えている。けれど、そのセリフを彼がどんな顔で言ったのかはわからない。まあ背負われていたせいもあるのかも知れないけど。

「いやだ、子供みたいなことして。怪我《けが》させてないでしょうね？」

「ああ、大丈夫。それより、お客様、まだいるんだろう？」

「ええ」

「じゃあ、後は俺がやっておくよ」

「そう？」

「俺の責任だからね」

「ご飯は？」

「いいよ。向こうで焼きそばとか食べたから」

「そ、じゃよろしく」

ゆらゆらと揺《ゆ》れながら運ばれる自分の部屋。

熱に浮かされたように、ぼんやりとした思考。

まるで映画を見ているかのように、光景だけが刻《きざ》まれる。その時何かを感じていたはずなのに、もう今となっては思い出せない。

「大丈夫か？」

ベッドに座らされた俺の目の前には、真樹夫ちゃんがいた。

優しい目で俺を見つめ、困ったような顔で微笑《ほほえ》んでいた。

その言葉に俺は何と答えたのだろう？

自分の身体に目を落とすと、手には土がついていて、浴衣にも土がついていた。

だがそれだけじゃない。

帯は緩《ゆる》み、裾《すそ》が割れて見える太腿《ふともも》に赤い痕《あと》。

浴衣の前の部分は湿《しめ》っているような、ゴワゴワとしているような違和感。それが下着にまで染《し》み通っている。

いや、下着を汚したものが浴衣にもかかってるということだったのか。

「着替えような？」

俺が何を見ているのかに気づいたのか、真樹夫ちゃんは浴衣も下着も脱がして俺をパジャマに着替えさせた。

温《あたた》かいベッドの中に横たわり、見上げる彼の顔。

真樹夫ちゃんは、ずっと俺を見ていた。

「ごめんな…」

何に対しての謝罪《しゃざい》だったのか。

「もう二度としないから大丈夫だ」

何があって、どうするからもう大丈夫なのか。

「もう忘れろ」

何を？

彼の言葉に対して自分が何と答えたのか、覚えていなかった。

彼は何を謝罪しているのか、わからなかった。

その時にはわかっていたのかも知れないが、もう今となっては…。

目を閉じると、すぐに眠りは訪《おとず》れて、何もかもが闇《やみ》に消えてしまった。

「…忘れてくれ」

という切ない彼の囁《ささや》きだけを耳に残して。

人の記憶というのは、眠りに落ちてから整理されるのだと聞いたことがある。

その日見聞きしたことを眠っている間に整理して刻み込むのだと。

だとしたら、その後に見た夢は記憶だったのだろうか？

また、寝入りっぱなというのは一番暗示《あんじ》にかかりやすいという話も聞いた。

ならば、最後に聞いた哀願《あいがん》のような『忘れてくれ』という彼の言葉の暗示に引っ掛かって、覚えていなければならないことを忘れてしまったのだろうか？

その夜見た夢。

神社の奥の使われていない古い能楽堂《のうがくどう》の階段に腰を下ろした誰かの膝《ひざ》の上で、紙コップに入ったジュースを飲んでいた俺。

落ちないように支えていたはずの手が、浴衣の襟元《えりもと》から中に入り直接肌に触れる。

くすぐったくて、俺はその誰かに止めるように訴えた。

だが手は止まらず、今度は下に伸びてパンツの中にまで指を入れた。

怖くなって動かなくなる身体。

耳元の荒い息遣い。

気持ち悪いと思いながらも感じる変な疼《うず》き。

身体が熱くなり、持っていた紙コップが中身をぶち撒《ま》けながら黒い土の上へ落ちる。

おもらししてしまう、と思った。

小学校五年生にもなってみっともない。

だから俺は背後の誰かから逃れようと暴《あば》れた。

けれど手は俺を離さず、俺が泣き叫ぼうとすると口を押さえて身体を触り続け、最後まで追い詰めた。

…そう、今ならわかる。

俺はあの夜、『誰か』にイタズラされたのだ。

身体中を触られて、射精《しゃせい》するまで嬲《なぶ》られていたのだ。誰も見ていないところで、真っ暗な場所で、逃げることもできずに。

下着や浴衣を汚していたのは、俺の精液《せいえき》だったのだ。

では『誰』に？

俺は真樹夫ちゃんと出掛け、真樹夫ちゃんと帰って来た。

俺の身体に触れていたのは大人の手だった。

家に戻った時、真樹夫ちゃんは母さんに『俺がちょっとイタズラして』と言った。

部屋で二人きりになると、『ごめんな…』と謝罪し『もう二度としないから大丈夫だ』と約束を口にした。

もう二度とないということは、一度目があったということだろう?

『もう忘れろ』『忘れてくれ』と言ったのは、俺にイタズラしたことを後悔して、忘れて欲しいと願っていたからなのか?

真樹夫ちゃんが能楽堂の前で俺にイタズラしたのか?

もちろん、別の考え方だってできる。

彼から離れ、見知らぬ誰かにイタズラされ、後で見つけた彼が何が起こったのかを察してそれ等の言葉を言ったのだという考えも。

だが事実はわからなかった。

感覚は覚えている。

今も時折《ときおり》悪い夢として思い出してしまうほど鮮明《せんめい》に。

けれど俺を嬲る手の先についている顔が思い出せないのだ。

もしもあれが真樹夫ちゃんだったら…。

それが、俺が恋を告白出来ない理由だった。

祭りの翌日、俺は初めて夢精《むせい》し、父親にそれが精通《せいつう》というものなのだと教えられた。

そして二日ほど熱を出して寝込んだ。

その間、真樹夫ちゃんはずっと心配そうな顔をしたまま俺の側にいた。

あの夜のことが彼のしでかしたことだったから、親に告げ口をされることを恐れていたからなのか。第三者の犯罪で、俺がそのことを覚えていて傷ついていないかと心配してくれていたからなのか。

そのことを、彼に訊《き》くこともできなかった。

だってそうだろう?

真樹夫ちゃん、俺にイタズラしたの？　俺は誰かにイタズラされたの？　なんて、どちらにしたって口にできるわけがない。

だからずっと俺はその疑問《ぎもん》を胸に抱いたままだった。

そして、人に触《ふ》れられる、人に触れるという行為が怖くて、二十三にもなって未だ女性経験もなかった。

腕を掴《つか》まれたり、手を握《にぎ》ったりするのは平気。

でも、特に男の手が肌に直《じか》に触れる時には緊張する。

触り方とでも言えばいいのだろうか、性的な意図《いと》を持っているような、なまめかしい触られ方をすると鳥肌が立ってしまう。

でも俺は知りたかった。

あの手が誰のものなのか。

確かめたかった。

俺にイタズラしたのが彼なのか、もしそうだとしたら俺は彼の手が再び俺に触れることを我慢《がまん》できるのか。

それがわかるまで、何もできなかった。

もうこの歳だもの、好きな人とはキスしたいし触れても欲しい。

でも怖い。自慰《じい》すらできないほど性的なことに恐怖を感じている自分が、その時にどうなってしまうかが。

こんなに好きなのに、真樹夫ちゃんを嫌いになる？

逃げる俺を見て、自分のしでかした事に後悔して離れてゆく？

でも恋でなければ、彼は今も自分の側にいてくれる。

告白しなければ、甘やかしてもらえる。

セックスできないなら今のままの関係の方がいいんじゃないか？　好きな人と何時《いつ》でも会うことができて、世話を焼いてもらって、甘えられて…。

これ以上望まなくてもいいんじゃないか？

そんな思いで今日まで来てしまった。

でも今は違う。

真樹夫ちゃんの店に遊びに行った時、彼には彼の生活があって、店の女性客に秋波《しゅうは》を送られてるのを見た時、彼が他人のものになってしまう可能性があることに気づいてしまったから。

もしも、真樹夫ちゃんが恋人を作ったら、結婚なんてしてしまったら、彼の愛情はみんなその人のものになってしまう。

いくら叔父甥の関係でも、俺の世話なんか焼いてる暇《ひま》はなくなるだろう。誰だって甥っ子より奥さんや子供を優先するに決まってる。

それどころか、どこか遠くに引っ越してしまうかも知れない。

『家庭』となった彼の家に、頻繁《ひんぱん》に通うこともできなくなり、会うことも難しくなるかも知れない。

だから、そろそろ決着をつけなくては。

あの手が誰の手だったか。

もしあの手が真樹夫ちゃんだったとしても、俺は彼を受け入れられるのか。

そう思って家を出て、彼の隣へ引っ越してきたのに、俺は未だにアプローチできなかった。

根深いトラウマと、初恋の怯《おび》えに縛《しば》られたまま。

ただ彼と一緒に食事をして、頭を撫でてもらうぐらいのことしか。

このままじゃいけないのだ。

ちゃんと口にして言わなくちゃ。

この気持ちを、ずっと胸に抱いていた恋心を…。


「好きなんだ、恋愛感情で」

都市緑地化計画に則《のっと》って出来た会社のビルの屋上《おくじょう》ガーデン。その隅《すみ》っこにある木製のベンチテラスの端《はし》っこが、俺のお気に入りの場所だった。

高いフェンスの内側は芝生《しばふ》で埋《う》め尽くされ、その四隅に同じような木製のテーブルとベンチが置かれている。

女子社員もここがお気に入りで、昼休みともなればその殆どで女子社員が弁当を広げていた。

だがその華《はな》やかな昼休みは二十分ほど前に終わり、今は人影もない。

俺の勤《つと》める『ベルナール』は大手製菓《おおてせいか》会社だった。

自社店舗《てんぽ》もあるが、工場から出荷されるものは殆どコンビニやスーパーへ卸される。

工場は郊外にあるが、本社ビルはここ都心《としん》にあった。

俺はその本社勤務《きんむ》の営業部に配属《はいぞく》されていた。

製造部を除《のぞ》けばうちの部署が一番人が多いのだが、課ごとに部屋が分かれているので、オフィスのフロアとしてはさほどの大人数というほどではない。

俺がいるのは三課。そこには俺と同期で入った須川《すがわ》という男がいた。

『男なのに甘いものが好きなんておかしいだろ？　だから製菓会社に勤めてるって言えばみんな納得するだろうと思って』

というのが志望動機《しぼうどうき》だった彼は、俺とは違うタイプだった。

俺は背もそんなに高くなくて、顔立ちもキツいけれど、須川は性格の良さが顔に出てる。

しかも須川は憎《にく》らしいことに百八十もある背に長い手足、顔はあっさり目に整《ととの》っていて、モテモテというほどではないが、女子の評判もよく、上司に可愛がられるタイプだ。

外見も性格も違うのだけれど、同期というせいもあって俺達は仲が良かった。

彼いわく。

「浜名は顔も派手《はで》だし、性格もキツそうだけど、俺が甘党《あまとう》だって言ってもバカにしなかっただろう？　それに仕事には真面目《まじめ》だし」

というのが気に入ってくれた理由らしい。

俺の方はというと、彼の真面目な性格と、体格に似合わずシャイな部分が気に入っていた。

それに、俺達の課は、他のメンツの半分が大先輩で、半分が女子だったので、若い男同士つるむのが必然と言ってもいいだろう。

仕事も手伝うし、昼飯も一緒に食べる。

だから午前中の仕事が押して昼休みがズレこんだ今日も、誰もいない屋上の片隅で一緒に缶コーヒーなどを飲んでいたわけだ。

最初の話題は、同じ課の木下《きのした》さんというお局様《つぼねさま》が寿退社《ことぶき》するという話題だった。

地味だけど、真面目に仕事をする人だったから、いい結婚だといいなと言い合い、彼女が抜けた穴はどうなるのかという話題に移った。

「できれば男がいいな。同じ歳くらいの」

と俺が言うと、須川も頷《うなず》いた。

「そうだな。俺達肩身狭いもんな」

空は高く、天気はよかった。

手にした缶コーヒーはもう温《ぬる》くなっていたが、それで暖《だん》を取る季節は終わったので、気にせず飲み続けていた。

「浜名、社内に好きな女の子とかいる？」

「は？　いないよ」

「じゃ、社外には？」

「それ、恋人いるのかってこと？」

「まあはっきり言えば」

他愛《たあい》のない会話だった。

「いないよ」

少なくとも俺はそう思っていた。

「じゃ、今フリーなんだ」

「まあね。須川はいるの？　恋人」

「いない」

「なんだ、じゃ一緒じゃん」

俺は笑ったけれど、彼は笑わなかった。

その時、微妙な空気を感じた。

「でも好きな人はいる」

と言った彼が、俺を見ながら困ったように笑ったから。

「なんだ、そうか。脈《みゃく》ありそう？」

「…どうかな。嫌われていないとは思うけど」

「須川は真面目だもん、嫌われたりしないだろ。清潔感《せいけつかん》があるってお姉様達も言ってたじゃん」

「清潔感ねえ…。っていうか、彼女達のお陰《かげ》で、女の子が苦手になりそう」

「どうして？」

「俺、一人っ子だから、女の子ってもっとふわふわして優しい生き物かと思ってたよ。でも、何て言うか…、みんな結構したたかだし、強いし」

「夢見てるなぁ。女なんてみんなあんなもんだよ。俺は姉貴がいるから、現実知ってるけど、彼女達はまだ全然可愛いと思うけどな」

「備品を持ち帰ったり、残業押し付けたり、ちょっと触るとセクハラだって言われても？」

「経済観念が発達してるのと、帰りが遅くなって酔っ払いと同じ時間になるのが嫌だったり、お前のこと意識してたりするだけだよ」

うちの課の女性は、みんな俺達より年上だった。

なので、女の本質に免疫《めんえき》がないとびっくりするのだろう。

年下は範疇外《はんちゅうがい》なら男扱いされないし。年下が狙い目なら他の課の娘《こ》が目をつける前にと果敢《かかん》なアプローチをしてくるから。

「…浜名は優しいな」

彼は手にしていたコーヒーの缶をじっと見つめた。

「俺だって、別に女の子が砂糖菓子でできてる、なんてドリーマーなことは言わないけど、もう少し相手の話をちゃんと聞いてくれる娘がいいよ」

「今度入って来る娘が年下だったら、そういう娘が来るかもよ。あ、それとも須川の好きな女の子ってそういうタイプなんだ？」

「ああ」

須川は顔を上げて俺を見た。

「仕事はちゃんとするし、俺の話もちゃんと聞いてくれる。性格も合ってると思う」

「へえ、いいじゃん」

誰だろう？

うちの課じゃないとすると、他の課か、受付の女の子か、総務《そうむ》の娘か。

「顔も、俺は可愛いと思ってる」

というとやっぱり受付？

「浜名」

「ん？　何？」

「俺…、お前が好きなんだ」

「…え？」

「好きなんだ、恋愛感情で」

その告白を聞いて、俺は一瞬固まった。

そのセリフは、俺が真樹夫ちゃんに言いたいと、ずっと願っていたセリフだった。だがまさか自分が言われる方になろうとは…。

「驚くのは当然だ。でも考えて、考えて、考えた末に出した答えなんだ」

須川の顔は真剣だった。

とても食後のジョークとは言えないくらいに。

「気持ち悪い…？」

「そんなことない。俺も須川のことは好きだもの。でも…」

「でも？」

「恋愛対象じゃない」

その一言に彼は顔を歪《ゆが》めた。

「…キツイな」

答える俺も胸が痛い。

「こういうことははっきり言った方がいいだろう？　おためごかしにいい返事をしたって嘘にしかならない」

「だな…」

彼は目に見えて落胆《らくたん》した表情を見せた。

「でも、ありがとう」

「ありがとう？」

「んー…、何て言っていいかわかんないけど、告白するって勇気がいるだろ？　しかも俺相手になんて。好かれるのは嬉しいし、勇気を出してそれを伝えてくれるくらい好きになってくれてありがとう、かな？」

俺は知ってる。

相手が自分に好意は持っていてくれても、恋をしてるわけじゃない人を好きになる気持ちを。男同士の恋愛に慣《な》れてるかどうかわからない相手に、恋愛を告げるのにどれだけ勇気が必要かも。

そして俺はその勇気がなくて、まだ『好き』と言えていないのだ。

だから、彼の今の気持ちを考えると、『凄《すご》い』と褒《ほ》め称《たた》えたいくらいだった。もっとも、そこまで言ったら、事情が説明できない以上バカにしてると思われそうだから言わないけど。

「浜名は酷《ひど》いな」

「え?」

「ダメなら手酷く振ってもらいたかったのに、今の返事じゃ嫌いになれない」

「俺を嫌いにならなきゃダメ?」

「だって、近くにいたら嫌だろう?」

「それは別に。お望み通り酷いことを言うと、須川が俺を好きだっていうのは俺が須川をどう思うかには関係ないもん。もしお前が俺といるのが嫌だったら仕方ないけど、俺は須川といるのは嫌じゃないよ」

「下心があっても?」

俺は少しだけ困った顔をした。

あくまで少しだけ、だ。嫌なわけではないが、受け入れているわけでもない。その辺りを匂わせるために。

「…どの程度？　隙《すき》あらば押し倒そうとか思ってるんなら、少し考えるけど」

「そんなことしないよ」

彼は慌てて否定した。

「だったら俺から言うよ。応えられなくてもいいなら、友達として付き合ってもいいけど、どうする？」

「う…、そうくるか…」

彼はコーヒーの缶を手にしたまま、頭を抱えて蹲《うずくま》った。

酷いことを言ってるんだろうな。

告白した女の子に、いいお友達でいましょうって言われて喜ぶ男はいないもんな。

でも、彼が正直に告白してくれたのだから、俺も正直に答えたい。

彼のためにとか、一般的にはこうだとか、そういうのじゃなくて。俺と須川の問題だから、俺が思ってることを伝えたい。

その結果、提案《ていあん》を受け入れるか入れないかは須川の問題だ。

「俺は、お前に恋しててもいいのか？」

「須川の気持ちまでどうこうは言えないよ」

「下心があるんだぞ？　…その…、いつか恋人になって欲しいとか、キスしたいとか」

「思ってるだけなら別に。実力行使に出たら困るけど」

「ホントに？」

彼は首を曲げて、頭を抱えたポーズのまま、俺を見上げた。

「うん」

そしてまた視線を落として固まった。

やっぱダメかな。

須川とはいい友達でいたかったんだけど。

「…わかった」

須川は顔を上げると、肩のコリをほぐすように腕を回した。

それから身体ごとこちらへ向き直り答えを口にした。

「『気持ち悪い、二度と近づくな』って言われることまで想定してたんだ。その返事はありがたいってことで受け入れるよ。ただし、俺の告白を無かったことにはしないでくれ」

「それはもちろん」

「なら、覚悟を決めたよ。友情復活だ。ただし、下心付きで」

彼が握手《あくしゅ》の手を差し出したから、俺はその手を握った。

「即行《そっこう》のお断りじゃなかったから、可能性に期待しておく」

だがその瞬間、俺は彼の手を取った方の腕に鳥肌を立てた。

今までと何ら変わりのない握手のはずなのに、彼の告白を聞いてしまったからか、彼が告白して気持ちを隠すことを止めたからか。その手から『あの手』と同じ嫌悪《けんお》を感じてしまった。

「単なる期待だから、そんなに緊張しなくていいよ」

それに反応して強《こわ》ばった身体を感じたのか、彼は笑った。

「ん、わかってる」

だから我慢して、その手を振りほどかず、俺も笑った。

「ならアプローチしてみるけど、今夜飲みに行く？」

「あ、ゴメン。今日は叔父さんの店に食事に行く約束してるから。でも明日ならいいよ」

「…本当に？」

「残業がなければね」

「じゃ、今日頑張って働こう。缶、捨ててこようか？」

「あ、サンキュ」

空《から》になった缶を渡し、ゴミ箱へ向かう須川の背を見送りながら、俺は自分の手をわきわきと何度か握った。

「まだ、覚えてるんだ…」

こめかみの辺りが、まだざわついている。

恐怖というより嫌悪感？

一番知らなければならないことを覚えていないから、悪いものだけが残ってしまった。

長いこと時間をかけて忘れてもいたし、大概《たいがい》のことは平気にもなった。俺は多少顔立ちがアイドルっぽいとはいえ、立派な成人男子になり、そういう意味で手を出そうという人間もいない。

だからこの感覚を忘れていた。

「そろそろ戻るか？」

缶を捨てて戻ってきた須川を見上げ、俺は笑った。

とても上手《うま》く『笑えた』と思う。

「明日俺に付き合って欲しかったら、仕事手伝ってくれてもいいんだぞ」

本当は、笑う余裕《よゆう》なんかなかったのに。


須川の申し出を断るためではなく、本当に約束していたから、その夜俺は真樹夫ちゃんの店へ向かった。

家の近くにある『オーバーレイン』は、小さな店だった。

駅からちょっと離れた路地裏にあるのに、客は結構入っている。

多分、ちょっと隠《かく》れ家《が》的なその佇《たたず》まいと、変わった料理が人気だからだろう。

カウンターと四つのテーブル席を擁《よう》する店は、天井《てんじょう》の配管は剥《む》き出し、壁は板を適当に打ち付けただけみたいだし、ちょっと汚れている。

真樹夫ちゃんのお友達の写真家が撮《と》った写真が、その壁に飾《かざ》ってあるが、写っているのは外国の風景ばかりだった。

「今晩は」

店の扉を開けて中へ入ると、真樹夫ちゃんより先に共同経営者の上田《うえだ》さんが俺に気づいて手を上げてくれた。

「よう、晴くん」

真樹夫ちゃんと同じぐらいの歳の上田さんは、髭もなく、髪はオールバックにメガネと、スーツを着ればサラリーマンでもいけそうなタイプだ。

真樹夫ちゃんも、上田さんも、独身でルックスがいいので、彼等目当ての女性客で繁盛《はんじょう》してるという面もあるんだろうな。

「鳥谷、晴くん」

言われて、丁度《ちょうど》女性客を相手にしていた真樹夫ちゃんが振り向く。

「こっち来い」

と呼ばれて一番奥のカウンター席まで向かうと、手が『予約席』の札を外してくれた。

「わざわざ出しといてくれたの？　週末じゃないから大丈夫でしょ？」

「うちが流行《はや》ってないみたいに言うな。可愛い甥っ子が入れなくて夕飯を食いはぐれたら可哀想だと思ったから、気を遣ってやったんだろ」

「ん、ありがとう」

俺のことを特別に扱ってくれることは嬉しいので、ここは素直に礼を言った。

「何食う？」

「何でもいいよ」

「じゃ、豚にするか。今日は味噌《みそ》漬け仕込んどいたから」

「うん。じゃ、それ」

テーブルに女性だけの三人連れが一組、男女のカップルが一組、カウンターにおじさんが一人と、平日の六時過ぎにしてはまあまあ入ってる方だろう。

俺はすぐに出てきたサービスのコーヒーに口を付けながら、真樹夫ちゃんを目で追った。

すらっとした身体つき、襟を開け、袖《そで》を捲ったシャツがよく似合う。

長い髪は、店では後ろに縛っているから、鹿の尻尾《しっぽ》みたいに束《たば》がくっついている。

優しいし、頼りがいがあるし、男前だし、愛想《あいそ》があるし…。惚《ほ》れた欲目じゃなくても、カッコイイと思う。

でも、どうして『彼』がいいんだろう。

真樹夫ちゃんでなければならなかったんだろう。

今日須川と握手して、自分がまだ『大人の男』の『そういう意図を含《ふく》んだ手』が怖いということを再認識してしまった。

恋をするなら、可愛い女の子にすればよかったのに。そうすれば、好きな人に触れられたくないかも知れない、なんてジレンマに陥《おちい》らなくてもよかったのに。

彼女がいなくても、姉貴がいるから女の子の実態はわかっていた。

須川みたいに女の子に夢を描いて破れたなんてこともない。

現実的で、小狡《こずる》くて、デリカシーがないところもあるかも知れないが、感受性が強くて優しくて柔《やわ》らかい生き物だってこともわかってる。

女友達だっている。

なのにどうして、女の子を好きにならなかったんだろう。

「はい、どうぞ」

真樹夫ちゃんの手で、カウンター越しに料理が出される。

「どうした？　浮かない顔してるな」

「んー…、ちょっと悩み事」

「晴が？」

「俺だって悩むことぐらいあるよ」

「ふ…ん。上田、俺もメシ食うけどいいか？」

気のない返事をした後、真樹夫ちゃんは上田さんに声をかけた。

「いいぞ」

許可を得て、自分の料理を手にこちら側に回って来る。料理が既に出来上がってるということは、最初から一緒に食べてくれるつもりだったのだろう。

「一緒に食べてくれるの？」

「メシ休憩《きゅうけい》」

彼の料理は賄《まかな》いメシで、俺のとは違いワンディッシュのものだった。

「悩みって何だ？」

俺は言おうか言うまいか悩んだ。

もし俺が男に『好きだ』と告白されたのだと知ったら、真樹夫ちゃんはどういう反応をするだろう？

少しは妬《や》いてくれるだろうか？

妬いてくれるまではなくとも、彼が同性愛についてどういう反応を示すかわかるかも知れない。

「言えない」

でも俺は教えなかった。

「なんだ、秘密か」

やっぱり須川は偉《えら》いよ。

自分の好きな人に自分の恋愛自体を否定されるような反応が返って来るかも知れないと思っていながら『好き』と言えるなんて。

俺にはその勇気がなかった。

「今はまだ、ね。どうにもならなくなったら相談するかも」

「お前ももう大人だからな、自分で考えるのはいいことだ。ちょっと寂しいけどな」

「寂しい？」

「小さかった晴が俺の手を離れるのは寂しいよ」

「俺を子供扱いしてる？」

「いや、子供だったのにって言ってるんだ。今はちゃんと大人だと思ってるよ」

と言いながらも、彼は俺の頭を撫でた。

「そういうとこが子供扱いなのに」

「こういうのは、大人にもするもんさ」

真樹夫ちゃんは優しい。

そして俺なんかよりずっと頭がいい。

本当はまだ、俺のことを子供のように思っていても、きっと俺の態度でそう言われたくないのだろうと察して返事をくれてるのだ。

傷つけないように注意してくれてる。

でもそれは俺を一度傷つけてしまったからなのかも知れない。

「今夜は遅番《おそばん》なんだよね？」

「ああ。今日は上田が早上がりだからな。何だ、相談する気になったのか？　だったら替わってもらっても…」

「違うよ、隣がいないんならちょっとうるさくしてもいいかなって思っただけ。あ、明日は俺が遅いから」

「残業？」

俺の部屋では吸わないタバコを、シャツのポケットから取り出して一本咥《くわ》える。

「ううん、同僚《どうりょう》と飲む約束したから」

「そうか。何だったらうちを使ってくれてもいいんだぞ。売上に貢献《こうけん》ってことで」

「やだよ」

「…やだって、お前」

「だって何か保護者付きみたいじゃん」

「監視したいってわけじゃないぞ」

「わかってるよ。そんな必要ないじゃん。ただ、俺がそう思っただけ」

聡《さと》い真樹夫ちゃんだったら、須川の気持ちに気づくかも知れない。須川への対応を見ていたら、そこから俺の気持ちにも気づくかも。

そうでなくても、あまり酒の強くない俺としては真樹夫ちゃんの前で飲みたくはない。

酔って口を滑《すべ》らせるなんて、最低の結末だ。

「お前過保護なんだよ。もう社会人になったんだから、いい加減《かげん》『晴』『晴』って付き纏《まと》うのはヤメロよ」

そこで上田さんがカウンターの向こうから口を挟《はさ》んだ。

「付き纏うとは失礼だな」

「迷惑《めいわく》だったら迷惑だってはっきり言っていいんだぞ。こいつが泣いたら俺が慰《なぐさ》めるから」

「泣くか」

「迷惑じゃないです。俺の方が迷惑かけて嫌われないかなって心配してるくらいだから」

「あはは…、それはないない。昔っから晴がどうしたこうしたって報告されて、俺まで君に詳《くわ》しくなってるくらいだから」

「上田」

「叔父バカだよな」

「こんなヤツの言うことなんか聞かなくていいぞ。こいつこそ寂しくなって首突っ込んできてるだけなんだから」

俺は上田さんを見た。

上田さんはハンサムだし、真樹夫ちゃんの友人として俺とも長い付き合いがある。でも、俺はこの人に恋心は抱かない。

むしろ、真樹夫ちゃんと仲がよすぎてちょっと嫉妬《しっと》してるくらいだ。

「晴くん、デザート食べるか？　バナナのフリッターのアイス添《ぞ》え」

「ね、上田さん。俺と握手してくれます？」

「握手？　いいよ」

俺はカウンター越しに差し出された上田さんの手を握った。

大きな、大人の男の手。

もちろん、嫌な感じなんてしなかった。寒気も嫌悪感もない。

「何？」

「ううん、ありがとう。バナナ、食べます」

「ああ、じゃ今作るよ」

上田さんは不思議そうな顔をしながら俺達から離れた。

「握手がどうかしたのか？」

「真樹夫ちゃんも、握手してくれる？」

「いいが、何のまじないだ？」

今度は隣にいる真樹夫ちゃんの手を握る。

こちらも、嫌な感じなんて微塵《みじん》もしなかった。もうずっと触り慣れた手だし、好きな人の手だから、当然なんだけど。

「晴?」

「ありがと」

「説明なしか?」

「説明っていうか…、ただ感覚を確かめたかっただけだから」

「感覚?」

「でもいい。別に何でもなかった。それより上田さんって彼女いないの?」

その質問に、真樹夫ちゃんはちょっと答えを詰まらせた。

「…いるよ」

「今、ちょっと考えたでしょう」

「本人が秘密にしてることを、勝手《かって》に言えないからな。だがまあ、いるかいないかぐらいなら言ってもいいだろう」

「それって、まさか真樹夫ちゃんじゃないよね?」

と訊くと、目の前に煙《けむり》を吹き出された。

「何でそんなこと。いやまあ、っぽい格好してるからな、上田は」

「そうなの?」

綺麗《きれい》にすればエリートサラリーマンなのに？

「そうじゃないか？」

「俺、そういうのよく知らないけど、上田さん、別にオカマっぽくないじゃん」

「いや、別に女になりたい人間だけがそういう道に入るわけじゃ…。ああ、ほら、上田が戻ったから本人に訊いてみろ」

「ゲイですかって？」

「それはヤメロ。恋人のことだよ」

「ああ、うん」

上田さんが目の前に立ち、バナナを一本丸ごとフリッターにしたやつにチョコソースをかけてアイスを添えたという、食欲をそそるプレートが置かれる。

二人が目配《めくば》せしたりして打ち合わせをしていないことを確認してから、俺は質問した。

「上田さん、恋人いるの？」

「ああ、いるよ」

「それ、真樹夫ちゃんじゃないよね？」

「鳥谷？　あはは…、まさか。俺の好みじゃないね」

「ホント？」

「何？　疑《うたが》ってるの？」

疑ってる。

でも、それは言えないからごまかした。

「今、軽く訊いたら何か言い澱《よど》んだからさ。最近多いんでしょう？」

「まあねえ。多いけど、鳥谷だけは嫌だな」

「どうして？」

「変態だから」

「変態？」

「上田」

真樹夫ちゃんが彼をジロリと睨《にら》む。

けれど上田さんは慣れているのか、平然とその視線を受け流した。

「大人は色々よ。で、悪いけど、俺はその恋人とデートだから、食事終わったら中戻ってな」

「わかってるよ。バイトが来たら帰っていいぞ」

上田さんが他の客に向かうと、俺はじっと真樹夫ちゃんを見た。

「変態なの？　ＳＭ？」

「…あれはからかわれただけだ。聞き流せ。それより、さっさと食って帰れよ。明日遅いなら、明後日《あさって》遅番にしとくから。相談したくなったら来い」

「うん」

あっという間に食べ終わっていた真樹夫ちゃんはそのまま立ち上がりカウンターの内側へ戻ってしまった。

俺の後ろを通る時に軽く背中を叩いて。

気を遣ってくれてるんだよな。

甥っ子としては、絶対的に愛されてる自信がある。

甥っ子として愛されるのなら、あの手は怖くない。

でも…。

俺はバナナを食べ終わると、真樹夫ちゃんに礼を言って、一人アパートへ戻った。

暗い道。

もう暗がりは怖くはないし、祭りも怖くなんかない。子供の頃はちょっと怖かったけど。

それは真樹夫ちゃんが側にいてくれたからだ。

一番悪いかも知れない人が、もう危ない人ではないと示してくれていたから、もし犯人が彼じゃなかったとしたら、一番頼れる人が側にいてガードしてくれてたから、トラウマと呼ぶべきものは殆どなくなっていた。

ただ、手だけが怖い。

それを今日思い知った。

アパートの部屋に戻ってシャワーを浴《あ》びて服を着替えてから、俺はベッドにもたれかかるようにして座り、テレビを点《つ》けた。

見たかったわけじゃない。

音がするものが欲しかったからだ。

頭の中は、流れているバラエティ番組よりも、『手』のことでいっぱいだった。

もうそろそろ大丈夫かなって思っていた。

真樹夫ちゃんが俺を起こしに来てくれる時、腕を掴まれても、頭を撫でられても、緊張はするけれど嫌悪感はなかった。

構えてしまうから、緊張するだけだ。だったら、もう『好き』って言っても大丈夫なのかも知れないって。

けれど今日、須川と握手をした時にそうではないことに気づいてしまった。

入社以来、須川には何度も触られた。握手もした。

その時は全然平気だった。

なのに今日はダメだった。

どこがどうとは言えないけれど、握手をした手に、込められた力に、彼言うところの『下心』を感じてしまった。

その瞬間、ざわざわとしたものが全身を走ったのだ。

真樹夫ちゃんにも、そうなるんだろうか？

もし真樹夫ちゃんが『そういうつもり』で俺に触れたら、自分はどうなってしまうのだろう。

…泣いてしまうかも知れない。

叫んでしまうかも知れない。

あの時のように、暴れるかも知れない。

その時、彼はどうするだろう？

手を離す？

無視して進める？

もしあの時俺の口を押さえたのが、彼の手だったら…。

思い出すと、背中がぞわりとした。決していい思い出ではなかったから。

でも、それもまた真樹夫ちゃんの手なのだと思うと、少しだけ気が楽になった。

そうだ、あれが真樹夫ちゃんなら、怖いことはないはずだ。

他の人であるはずがないんだから。

他の人…。

「須川か…」

須川は俺を好きと言ったけれど、そこまで考えてるんだろうか？　つまり、俺とセックスしたいって。

今日の口調《くちょう》だと、女に夢破れたから、俺の方が付き合いやすいみたいな感じだった。

それって、もしかしたら誤解かも知れない。

それでも、手に下心を感じたのは、先入観《せんにゅうかん》？

…わかんないな。

でも下心なら、俺にもあるじゃないか。真樹夫ちゃんとキスしたいと考えてるわけだし、それより先に進んだ時のことで悩んでるんだから。

男なら当然だよな。

もし須川の下心を秘めた手が平気になれば、真樹夫ちゃんの手も平気になるかな？『好き』の基本値《ち》が全然違うんだもの、須川が耐えられれば、真樹夫ちゃんなら全然平気かも。

須川なら真面目だし、誠実《せいじつ》だし、下心があったとしても変な行動はとらないだろう。自分が誘うような行動さえとらなければいいのだ。

須川で試《ため》してみようか？　彼の『手』で、自分がどこまで我慢できるかを。

いや、それはあまりに失礼か…。

でも、俺を好きだと言ってくれて、俺も気に入ってる須川をどうして受け入れられないかがわかれば、真樹夫ちゃんがこんなに好きな理由はわかるかも知れない。

ただ優しいだけの人を好きになったんじゃないと、確信したい。

もっとはっきりと、彼の『ここが好き』とわかれば、告白の勇気が出るかも知れない。

恐怖があっても、それを克服《こくふく》する原動力になるかも。

「…結局須川のことを利用するってことに違いはないんだけど」

早く答えを出したかった。

真樹夫ちゃんが誰かの手を取ってしまう前に。

俺は彼に抱かれることができるのか、確かめたかった。

そんなことを考えながら、その夜、俺は眠りについた。

それが悪かったのだろう…。


遠くで、拡声器《かくせいき》の声が響いていた。

「参拝《さんぱい》の方は右側へ寄ってください」

それはさっき見た警官《けいかん》の声だろう。

パトカーを停《と》めて、必死に交通整理をしていた。

見とれて置いていかれそうになったのだ。

声は、機械を通してここまで聞こえていた。

けれどその姿も、こちらの声も、向こうに届くことはない。

小さな自分の身体をすっぽりと抱きかかえる背後《はいご》からの腕は、左手で俺の口を押さえ、右手で浴衣の裾を割っていた。
視線を落としたが、浴衣が蠢《うごめ》く手を隠《かく》していた。
けれど感じる。
自分の身体を這《は》い回る大人の男の手を。
これがいけないことだというのはわかる歳だった。
何をされているかも、わかる歳だった。
けれど、体格の差が恐怖を呼び、恐怖が俺の自由を奪《うば》っていた。
祭り囃子《ばやし》が遠く聞こえる。
耳を塞《ふさ》ぐのは息遣いだけ。
しかもそれは俺のものではない。
手が、俺を嬲る。
気持ち悪いのに気持ちいい。
気持ちいいと感じてはいけないのに。
それが罪悪感《ざいあくかん》を呼び、更《さら》に行為に嫌悪感を抱かせた。
『お母さん、助けて…！』
何度も頭の中で叫んだ。
それだけは覚えてる。

でももちろん母親が助けに来るわけなんかなく、声を響かせる警官も、誰も助けに来ないまま腰の辺りが疼き出した。

漏《も》らしちゃう。

こんな状態でお漏らしするなんて、もっと恥ずかしい。

そう思って我慢したのだが、我慢すればするほど握られた場所は痛み、気持ちよかった。

そして…。

俺は初めて射精した。

勢いよく飛び出すのではなく、じぶじぶと溢《あふ》れるように下着と浴衣と『誰か』の手を汚す。

その時、口を押さえていた手が緩んだ。

呼吸する。

冷たい夜の空気が肺に流れ込んでくる。

だから思いっきり声を上げた。

全身全霊《ぜんしんぜんれい》を込めて。

「やぁ…っ！」

だが手は慌てて再び口を塞いだ。

叫びが止まる。

息が止まる。

苦しい。

苦しい。

「晴」

声が…。

「晴」

真樹夫ちゃんの声がする。

ではこれはやっぱり真樹夫ちゃんなのか？

この手は…。

「起きろ、晴！」

世界が揺れた。

…ではなく、自分の身体が揺すられている。

ハッとして目を開けた瞬間、凄《すさ》まじい形相《ぎょうそう》の真樹夫ちゃんの顔が目に映った。

睨む顔。

鋭《するど》い目付き。

牙《きば》を剥く獣《けもの》のように噛《か》み締《し》める唇。

怖い。

「晴」

だがその顔は錯覚《さっかく》だった。

「いい加減起きろ」

いつもの、ちょっと怒っただけの顔が俺を覗き込んでいる。

「ま…きおちゃん…？」

俺は手を伸ばして彼の頬《ほお》に触れた。

その瞬間、涙が溢れた。

「…晴？」

夢の名残《なごり》が、俺に涙を流させる。

今は何ともないのに、全身に恐怖が残っていた。

あれが『誰』であっても、今目の前で俺を覗き込んでいる真樹夫ちゃんは大丈夫。縋《すが》っていい相手だ。

そう思っても、止まらなかった。

「どうした？　何かあったのか？」

心配そうな彼の声に、俺は涙を拭《ぬぐ》って身体を起こした。

「ん…、平気」

「泣いてるぞ？」

「わかってる。…怖い夢見たから」

「怖い夢?」

「…ゾンビに追い回される夢。死ぬかと思った」

言えなかった。

本当はどんな夢を見ていたのか。

「変なゲームとか、怖い映画とか見たんだろう。バカだな」

「うん…」

気づけば目覚ましがまだ鳴っていた。今日はそれにも気づいていなかった。

俺が手を伸ばしてその音を止めると、それに合わせて真樹夫ちゃんがベッドに腰を下ろす。

「本当に大丈夫か?」

甘く優しい声。

抱き寄せてくれるかと思ったのに、彼は俺を抱き締めてはくれなかった。

けれど頭は撫でてくれた。

「うん」

頭に置かれた手。

「朝メシ作ってやるから、起きられるな?」

この手があの時のように自分の局部に触れたら、きっとわかる。『あの手』が『この手』だったかどうか。

でも彼がそんなことをするわけもなく、自分から触ってくれと言えるはずもないので、答えは出ない。

「ん、起きる」

けれど、俺はその答えを出すのが怖くなっていた。

『あの手』が怖かったことを思い出したから。

こんなに好きな真樹夫ちゃんが怖くなってしまうのが、怖かったから…。


その日、俺の気分は最悪だった。

せっかく真樹夫ちゃんに朝食を作ってもらい、彼と一緒に食事をしたというのに、全く気分が晴れなかった。

会社に行っても、仕事ははかどらず、何度も上司に怒られた。

かかってきた電話の担当者の名前を聞き忘れたり、コピーを取った原稿を機械の中に置き忘れたり。

最終的には、データの打ち込みという雑務《ざつむ》をさせられたが、これがまたミスタッチばかり。

「浜名」

　そのせいで、勤務時間内に仕事を終えることができなかった。

「ごめん、須川。まだ仕事終わってないんだ」

　飲みに行く約束をしていたから誘いに来たのだろう、退社時間間際《まぎわ》に近づいてきた須川に、俺は素直に頭を下げた。

「課長に怒られてたな」

　昨日のことがなかったかのような態度。

　でももちろんなかったことにしてはいけない。

「んー…、出荷動向の集計が終わってなくてさ。あともうちょっとで終わるんだけど」

　俺はデスクに乗った集計表の束を示した。

「体調、悪いのか？」

「っていうわけじゃないんだけど」

「ひょっとして俺のせい？」

　心配そうな顔で覗き込む彼に、俺は笑って答えた。

「違うよ。飲みに行くのは楽しみにしてた」

「本当に？　気を遣って言ってるんなら…」

　あんな夢を見たのは、『あの手』のことを考えてたからで。考え始めたのは須川に告白されたからだから、元を正《ただ》せば彼にも原因の一端《いったん》はある。

でもそんな繋がりで『お前が原因』というのは忍びなく、俺は首を横に振った。

「違うってば。確かに悩み事があるからなんだけど、須川のことじゃない」

「そうきっぱり言われるのも寂しいな」

彼は苦笑し、積《つ》み上げてある書類を取り上げた。

「じゃ、手伝うよ」

「え、いいよ」

「昨日言ったろ、お前が残業したら手伝えって。終わったら飲みに行ってくれるんだろ?」

「それはそうだけど…」

「じゃ、そういうことで。何だったら、お礼はメシを奢《おご》るってだけでもいいぞ」

「…わかった。じゃあ頼む。一緒にメシ食おう」

「ああ」

須川はそのまま自分の席に戻り、データの打ち込みを手伝ってくれた。

お陰で仕事は就業時間を三十分ほどオーバーしただけで全て終えることができた。

須川は俺に優しい。

真樹夫ちゃんも俺に優しい。

俺だけが、二人に背を向けている。

須川の好意に応えることができず、真樹夫ちゃんとの過去に向き直ることもできない。

なのに二人は優しい。

それは俺に微《かす》かな自己嫌悪《じこけんお》と共に罪悪感を生んだ。

そして警戒心《けいかいしん》も。

「今日は酒抜きでもいいかな。やっぱりあんまり体調がよくないみたいだから」

仕事を終えて会社の外へ出ると、俺は須川に頼んだ。

「いいよ。このチャンスを逃したら二度と飲みに行けないってわけじゃないし。メシも胃に優しいもんにしような」

「ごめん」

「いいって、謝るなよ」

違うよ、須川。

この『ごめん』は、お前に気を遣わせてることに対しての謝罪じゃない。俺がお前を疑ってることへの謝罪なんだ。

お前も『あの手』を持ってるんじゃないかと警戒したことへの謝罪なんだ。

こんなにも優しい友人なのに、その『好き』がボーダーラインを超えてると知ってしまった今、お前のことがほんのちょっぴり怖いんだ。

過去は忘れた。

乗り越えることができた。

でもあの『嫌なこと』が再び繰り返されるのは嫌なんだ。

「美味しい水餃子《すいぎょうざ》の店があるんだけど、餃子は食べられそうか？」

「ああ、美味そうじゃん」

「この間、一課の先輩に教えてもらったんだ。誰か知ってるヤツも来てるかも」

俺の警戒心が伝わってるわけではないはずなのに、安心できる場所へ連れて行くよと言ってくれる優しさに感謝する。

そこでなら、俺も普段どおり振る舞えるだろうと。

会社から少し歩いたところにあった餃子の専門店は、中華風の赤いランタンが下がった小さい店だったが、席はゆったりしていた。

入れ違いに出て行った客の座っていたテーブル席に通され、焼き餃子と水餃子を二種類ずつ頼み、俺はウーロン茶を、彼はビールを頼んだ。

「悩み事って、何？」

「ん？　ああ、家族のこと」

俺は少しずつ嘘が上手くなってゆく。

「ちょっと姉貴がね。でもどうにもならないことだからいいんだ」

「お姉さんって美人？」

「一応。でも結婚して子供もいるよ」

「残念」

餃子はすぐに運ばれ、テーブルにずらりと並んだ。

「頼みすぎたかな…」

「食べれば食べちゃうもんさ。浜名は無理しなくてもいいぞ」

口に運ぶと、確かにそれはとても美味しかった。

皮がもちもちしていて、中身はジューシーで。

単純かも知れないけれど、美味いものを食べて、やっと今日一日の憂鬱《ゆううつ》さが取れた気がした。

「須川、一課に親《した》しい人なんていたんだ」

「ああ、新人研修の時に付いてた先輩で、同じ大学のOBなんだ」

「へえ。じゃあ本当は一課に行くはずだったんじゃないのか？」

うちの営業の一課といえば、大手相手の仕事がメインで、営業の花だった。いわゆるバリバリのエリートコースた。

小口《こぐち》を扱う二課、営業ケアを行う三課、仕入れ関係担当の四課とは、空気も所属人数も違う。

営業を望んで入社した者なら、そこが一番の目的だろう。

「かもな。最初はそんなこと言われてたよ。でも結局三課に来てよかったのかも。浜名と一緒に働けるし」

「よく言うよ。須川なら一課行ってもやっていけるんじゃないか？」

「それ、俺に出てけって言ってる?」

「まさか。能力的な問題。俺は三課ぐらいゆったりしてる方がいいけど、須川は女子社員相手より外回りの方が合いそうじゃん」

「まあねえ。俺はうちの女子は苦手だな」

彼の顔が曇《くも》る。

本当に苦手なんだ。

「俺、元々こっちの人間だったのかもな」

「なんで?」

「昔から女に近づき難《がた》いところがあったんだよ。まあ昔は壊《こわ》れ物みたいでおっかないと思ってたんだけど、今はこっちが壊されそうで」

「酷いな」

「だって聞いてくれよ。今日なんか俺が隣に座ってるのに寿退社の木下さんを捕まえて、ダンナとの夜の関係で盛り上がってたんだぜ。羞恥心《しゅうちしん》ってものがないんだよ」

「ガールズトークってやつだな」

「どこが『ガールズ』?」

「そうトゲトゲするなって。秘書課の女の子達なら、きっと優しいぞ。ほら、杉原《すぎはら》さんなんか、うちの先輩達のアイドルじゃん」

須川は彼女の顔を思い出そうというように、視線を上に向けた。

「杉原さんか、確かに可愛いよな。浜名はああいう娘がタイプ？」

俺を好きだと言っても、女の子を可愛いと思う意識はあるんだ。

「俺、タイプってないんだよね。でも優しい人が好き」

「残業手伝ってくれるような？」

アピールするように須川が笑う。

「そういう優しさには感謝です」

真面目に答える方が気まずいので、さらりと流す。

「好意に繋がる優しさを知りたいなあ」

「それは自分でもわかんないな。どうして恋するのか、定義があるわけじゃないから」

「それもそうか」

微妙に恋愛問題を搦《から》めながら、他愛のない話題を続けた。

餃子は美味しく、須川は恋を覗かせはしたが踏み込んで来ることはなかった。

結局、その日はメシだけ食って、店を出て別れた。

「またメシ食いに行こうな。態度、変えないでくれてありがとう」

須川のそんな言葉でシメて。

俺はそのまま電車に乗り、真っすぐアパートに戻った。

今日は遅くなると言っておいたから、真樹夫ちゃんはいない。

どうせいたって顔を合わせるわけでもないのに、そのことを少し寂しいと思いながら。


恋に悩もうと、過去に悩もうと、生活は止まらない。

眠って、起きて、会社に行けば仕事が待っている。

仕事となれば、個人的な感傷なんて無関係。真摯《しんし》に取り組むしかない。

めでたく寿退社する木下さんのお祝いのための飲み会があり、新しく総務から配属された今年入社したばかりの男性社員が入ってきた。

「俺、営業志望だったんで、希望出してたんですよ。やっと叶《かな》ったって感じです」

と喜ぶ中山《なかやま》は、俺より一つ年下なのに俺よりちょっと背が高かった。

ただ顔は、目がくりっとして小動物みたいだ。

「ここは女性陣《じん》の方が勢力強いから、同士が入ってくれてうれしいよ」

須川はそう言って彼を歓迎した。

「中山は女兄弟はいないのか？」

俺が訊くと、彼はくったくなく笑った。

「俺ですか？　俺、男ばっかの四人兄弟の末っ子です。今時珍《めずら》しいでしょう」

言葉使いもはきはきしていて気持ちがいい。

これはいい人間が来てくれたな。

「確かに四人は珍しいな」

「家、狭いですよ。両親入れて六人ですから」

そのうち五人が男ではそうだろう。

「須川さんも浜名さんも、俺のこと弟みたいに扱ってくれていいですよ。どんなふうに扱われても、うちの兄貴達より優しいと思いますから」

「そんなにお兄さん酷いのか？」

「酷いっていうか…、体育会系なんです。手や足が出るのが当然で。先輩達、暴力ふるわないでしょう？」

「そんなことしないよ」

「じゃ、全然オッケーです」

中山の出現は、俺にとってありがたかった。

気にしないとは言っても、やはり須川と二人きりというのはためらいがあったので。

中山自身も、明るくて人懐こくて、体育会系の中で育っただけあって腰が軽く、一緒にいるのが楽しい後輩だった。

しかも彼は須川と違って、女性にも構えたところがなく、お姉様達の受けもよかった。

「中山くん、この紙の束運んでくれる？」

というおねだりにも、彼はすぐに腰を上げた。

「いいっすよ。女の人は腰ゆわすと大変ですもんね」

「腰…ゆわす？」

「あれ、言いません？」

「言わないわよ」

「うちの母親がよくそう言って俺達に荷物持ちさせるんですけど。痛めるとかって言った方がいいのかな？」

女性陣はケラケラと声を上げて笑ったが、中山は全く気にしていないようだった。

須川などは、彼を強者《つわもの》だと称賛《しょうさん》した。

「俺ならバカにされたと思ってムッとしちゃうんだけど、あいつは気にしないんだな」

まあそうだろう。須川はお姉様達のざっくばらんさが苦手なのだから。

「お前が気にし過ぎなんだよ。中山くらい適当に受け止めた方がいいぜ」

「中山は中山、俺は俺」

「頑《かたく》なだなぁ」

俺が言うと、彼は少し口を尖《とが》らせた。

「別にいいだろ、中山は気に入ったんだし」

「はい、はい」

たった一人が入っただけで、課の空気は変わった。

だが新人が入るということは、仕事の分担も変わるということ。

営業のサポート的な役割であるうちの部署は、新規《しんき》に現場リサーチというプロジェクトを立ち上げることとなった。

まあ簡単に言ってしまえば、我が社の製品動向と、同業他社の動向。今時売れてるスイーツの調査だ。

「まだ夏前だが、今からクリスマスを目指してもらう」

わざわざ部長が三課まで来て檄《げき》を飛ばした。

こうなると男女関係ない。ネット検索《けんさく》担当の人間を残し、全員オフィスから市場調査に追い出された。

もちろん、年配の方々も、だ。

デスクワーク中心のうちの課にとっては、大騒《おおさわ》ぎだった。

俺も一人でデジカメ片手にあちこちを歩き回る日々となった。

忙しいのはいい。

余計なことを考えなくて済む。

でもやっぱり仕事がキツイことに変わりなかった。

出社して、かき集めた雑誌で今日回る店をチェックして、ルートを確認し、十時前には街へ。

俺の担当は流行のチェックで、専門店回り。

商品のデザインや価格から店のレイアウト、陳列棚《ちんれつだな》のディスプレイ、販売層《そう》などをチェックし、一店一店レポートを上げてゆくのだ。

報告書の書き方も知らない中山は、須川が面倒見ることになった。

とはいえ、中山一人にさせる仕事はないので、須川が連れ歩くというだけだ。

須川は元々甘いものが好きなので、独自のリサーチがある。一方の中山は全くと言っていいほどそっちの知識がないので当然の組み合わせだった。

二人なので仕事は彼等の方が楽そうにも思えるが、新人の研修をさせながら自分の仕事をすることになるのだから、須川も彼なりに大変だろう。

「わからないことはわからないって言ってくれるからまだいいけどね」

と苦笑する須川を羨《うらや》ましいとは言えず、自分は自分のペースで仕事をするしかない。

なので、そのリサーチプロジェクトが始まってから、俺は家に戻るのが少し遅くなった。

経費節約のおり、残業は許されず、就業時間内に終わらなければ持ち帰り。

自然、自分でご飯を作るのが面倒になり、真樹夫ちゃん会いたさではなく、切実な理由で彼の店に立ち寄る回数も増えた。

だがゆっくり好きな人を鑑賞《かんしょう》する余裕はなく、ご飯だけ食べてさっさと帰るだけだった。

今日も、仕事が時間内に終わらなくて、俺はデータを自宅のパソコンに送信して、帰りに『オーバーレイン』へ立ち寄った。

「仕事、そんなに忙しいのか？」

カウンターのいつもの席に座り、ぼーっとしている俺に、真樹夫ちゃんは心配そうな顔で料理を出してくれた。

「うん。難しくはないんだけど、体力的に」

あんかけチャーハンのいい匂いが胃袋をくすぐる。

「体力って、運動系か？」

「リサーチ。あっちこっちの店を回って歩くからさ、結構体力使うんだ。今日は川崎《かわさき》の方まで行ってきた」

料理を出しても、彼は目の前に立って話し相手になってくれた。

「そりゃ大変だ。だが晴だって体力ないわけじゃないだろう？」

「自分でもそのつもりだったんだけど、一日何店舗も回るから。川崎の前は北千住《きたせんじゅ》だった。でも、新宿《しんじゅく》や渋谷《しぶや》の激戦区《げきせんく》は須川って同僚が行ってくれてるから」

「そっちのが近くて楽だろう？」

「近いは近いけど、若い女の子が多くて、スーツで入って行くのは恥ずかしいんだよね。須川は後輩連れてるから、いかにも仕事って感じに見えるけど。俺は一人で入って行って女の子の後ろからシャッター押す勇気はないなあ」

そう考えると、やっぱり向こうの方が大変かも。

「手伝ってやろうか？　写真撮って回るだけだろう」

「いいよ。これは俺の仕事だもん」

俺が答えると、真樹夫ちゃんは笑った。

「お前もそんなふうに言うようになったんだな」

それが小さい子供に言うような態度だったので、ちょっとムッとする。

「だから、子供扱いしないでって」

「わかってるよ。ただ立派《りっぱ》になったって言ってるだけさ」

認められるのは嬉しい。

けれど彼が俺を認めるのは、子供の俺が頭の中に残っていて、それと比較《ひかく》してのことだ。なので、彼にとっては子供が大人の一面を持ったとしか思えないのだろう。

「会社員なんだから、自分の仕事に責任を持つのは当たり前。変なことに感心しないで」

不機嫌に言うと、彼は笑みを苦笑に変えた。

「そういうつもりじゃないんだが、大人になると扱いづらいな」

「…扱いづらい？」

その一言に胸の奥が痛む。

「子供だったら、『お菓子買ってやるぞ』で機嫌が取れるのにな」

「今の俺は嫌い？」

訊き返すと、こっちの意図が伝わったのか、彼はまたその表情を笑顔に戻した。

「そうじゃない。難しいってことさ。それとも、未だにお菓子で機嫌が取れるのか？」

「お菓子じゃ安いよ」

「メシも食わせてるだろ」

「今はコーヒーが欲しい」

「しょうがないな。真面目に働いてる企業戦士に差し入れてやるよ」

そう言うと、真樹夫ちゃんは俺から離れた。

ごまかしたけれど、まだ胸は痛む。

『扱いづらい』という、持て余し気味のセリフに、嫌われたかも知れないと不安を覚えただけで、こんなにショックだったなんて。

人に嫌われることが好きな人間はいないけれど、やっぱり彼に対する『好き』は特別なんだなあと思ってしまう。

いっぱい、いっぱいな俺の恋。

真樹夫ちゃんでなければならない理由をはっきりと言えないクセに、彼のちょっとした言動で傷ついてしまう。

凄く好きなのに、『恋してる』とは言えない。

お互い大人だから、恋が叶った後に何が起こるかわかっている。

でもその時が待ち遠しくも怖い。

彼が怖いというより、自分が怖い。

「ほら、コーヒー」

湯気の立つカップを差し出す真樹夫ちゃんの手をじっと見つめる。

「何?」

「ううん、何でもない」

俺がカップを受け取ると、彼の背後から上田さんの声が飛んだ。

「鳥谷、キャベツのステーキ、二番」

「おう」

声に応えて彼が離れてゆく。

四つ割のキャベツが乗った鉄板《てっぱん》を手に、真樹夫ちゃんは若い女性客だけのテーブル席へそれを運んで行った。

「はい、お待ちどうさま」

ＯＬの集まりなのか、彼女達は真樹夫ちゃんが来ると声を上げて彼を歓迎した。

「凄い、こんな塊《かたまり》なんですか」

「こんなの食べたことない」

料理に感嘆《かんたん》しているようにも聞こえるが、彼女達の視線は真樹夫ちゃんだけに向いている。

「醤油《しょうゆ》たらして食べてもいいし、コショウも美味しいよ」

「島谷さん、どっち派ですか？」

「俺は醤油かな」

真樹夫ちゃんの名前を口にしているし、親しげだし、きっと常連客なのだろう。

そして料理を褒めながら目が彼から離れないということは、彼狙いに違いない。

「他にもオススメってあります？」

「今日は和牛の串焼きかな」

「島谷さんのオススメなら、それも頼んでみようか」

お客様だから、彼も愛想よく相手をしていた。

その姿にも、胸が痛む。

あの中の一人が、彼を手に入れたらどうしよう、と。

彼女達だけじゃなく、ここにはライバルがいっぱい現れる。なのに俺は彼女達を蹴散《けち》らすどころか、自分の気持ちさえ持て余しているなんて。

俺は視線を外し、食事に集中した。

食べ終わったらすぐに帰って、今日撮った写真を整理しないと。明日は明日でまた別の店を回らなきゃいけないんだから、他のことを考えてる暇なんかないんだ。

最後の一口をスプーンで口にほうり込み、コーヒーに手を伸ばす。

「苦《にが》……」

淹《い》れてもらったコーヒーは苦く舌に残った。

美味しいと思うけれど、一気に流し込むことができないほど。

それは今の自分にはピッタリの苦みだった。


「やっぱりもうロールケーキは古いんだよね」

「でも、形を変えて生き残ってるじゃないですか。小さいのとか、大きいのとか、コーティングしてあるのとか」

「だからそれがもう限界でしょう。これ以上手を入れるとコスト高に繋がるわよ」

「一貫《いっかん》して言えるのは『生《なま》』だね『生』。焼き菓子なんかはもうダメだよ」

「あら、だったらいっそのこと焼き菓子の『生』出してみたら?」

「カヌレとか? もうブームになったじゃないか」

喧々諤々《けんけんがくがく》。

まさにそんな形容詞がピッタリの討論会《とうろんかい》だった。

リサーチを初めて一週間。

闇雲《やみくも》にこのまま調べ捲っても徒労《とろう》だということで、課長の音頭《おんど》で全体会議を開くことを決めたのが昨日。

翌日までに自分達がリサーチした報告書を持って、各自これと思う方向性を決めるようにとのお達しだった。

今回は企画の人間が同席するわけではないので、あくまで方向性というだけで、この結果を企画開発部に持って行って再検討《さいけんとう》ということになるらしい。

それでも、今まで自分がやってきたものが無駄《むだ》扱いされるかどうかの瀬戸際《せとぎわ》だ。

女性陣の中には企画に行きたかった人もいるし、第一線とは言いがたいこの部署に配属されて危機感を感じていたらしい年配の方々にとって、これはなかなかの正念場《しょうねんば》だった。

課長を含めて総勢十二名の会議。

…纏まるわけがない。

　このために借りた会議室に、何となく男女向かい合う対立形に席を取り、議長席に課長。意見は初《しょ》っ端《ぱな》から席同様男女が対立していた。

「俺、片手で食べられるもんがいいと思うんですよね。ほら、所詮《しょせん》コンビニで売るもんだし、お手軽な方が」

　中山は果敢にも意見を出したが、すぐに却下された。

「お手軽路線はもうダメだろう。安くなければ手軽感がない。だが、原材料費の高騰《こうとう》を考えると安売り競争はもう続けられん」

　課長の一言で瞬殺《しゅんさつ》だ。

「やっぱり豪華《ごうか》主義よね。外見よ」

　とお姉様が言えば、

「俺は味ですね。多少見場《みば》が悪くても、食べればハマるって言う」

　と須川が対抗する。

　彼は甘いものが好きなので現実的な意見なのかとも思ったが、お姉様は容赦《ようしゃ》がなかった。

「最初に食べてもらえなかったら、それで終わりでしょう？　だったら優先順位は見た目よ」

　お姉様達も、最近須川が自分達の射程範囲《しゃていはんい》からいなくなったと思ってるらしい。

　別にゲイだとわかったわけではないだろうが、彼が女性陣に対して段々と事務的になってきたからだろう。

中山は女性陣には可愛がられているけれど、新人なのでおじ様方に、若造が何を言うか扱いと言ったところかな？

「浜名。お前は何かないのか？」

傍観者《ぼうかんしゃ》を決め込んでいると、いきなりの御指名《ごしめい》。

「俺は、皆さんの意見それぞれごもっともだと思うんですが…」

「ですが？」

全員の目が一斉《いっせい》に自分に注《そそ》がれる。

「コンビニとかスーパーのお菓子って、御進物《ごしんもつ》にする人はいないですよね？　人にあげるにしても友達の家に遊びに行く時の手土産《てみやげ》程度だし。最近は自分への御褒美《ごほうび》的なものが売れてるような気がするんです」

「それはまあそうかもな」

「だとしたら、女性陣に訊きたいんですけど、簡素《かんそ》なパッケージに派手な菓子と、派手なパッケージに簡素な菓子とどっちのがいいんです？」

問いかけると、女子の一人が即答《そくとう》した。

「派手に派手、ね」

「味とパッケージは？」

「両方。それに価格も大事よ」

「でも見合うと思えば結構出すでしょう?」

「ん…、まあ」

「だったらお菓子をどういうものにするかっていうのは企画の人達に任せて、価格帯に添ってデータを分類した方がいいんじゃないでしょうか?」

「それじゃ今やってることの方向性にはならないだろう」

課長の言葉に、俺は説明を補足した。

「価格帯を二つに絞《しぼ》るってことです。高いものと安いもの、に。中間層は無視してもいいんじゃないかと。そうなると対象が少し減りませんか?」

「それは参考《さんこう》意見だな。考えておこう」

採用《さいよう》とまでは言われなかったが、取り敢《あ》えず役目は果たしたという評価をもらい、俺はほっと胸を撫で下ろした。

だがその後も会議にこれといった決着はつかなかった。

女性は高級志向、年配者は何か新しい打開策《だかいさく》、須川は味にこだわり、俺と中山は自然、聴衆《ちょうしゅう》に徹《てっ》することになった。

結局、決まったのは、それぞれの自分の主張の裏付けを集めるということだけだった。

それでは今までと大差ないと思うんだけど…。

決着は来週に持ち越しだ。

「それと、もう一つ言っておくことがある」

会議の最後、課長は付け足した。

「先週は上からの命令ということもあって時間が取れたが、今週はもうリサーチだけにかまけることは許されないぞ。同時に普段の仕事もやるように」

「そんなの無理です」

「無理でもやり繰りしろ」

「残業ダメなんですよね？」

「申請《しんせい》して七時までだ」

「えーッ」

これには、男女年齢の別なく、全員が不満を表したが、課長には無視された。

しかも、価格帯別にデータを分類しようと言い出した俺には、今までみんなが集めたデータをそれで処理しろという命令が下ってしまったのだ。

「言い出しっぺだからな。みんな、報告は一旦浜名に渡しておけ」

「はい」

「外回りしながらですか？」

「立ち寄り件数が少なくなることは考慮《こうりょ》しよう。それでいいか？」

「…それなら」

「毎日報告しなくてもいいが、週末に一回持って来い。途中でもいいから」

週末って…、三日後じゃないか。

それまでに今週一週間の十一人分の報告書をチェックするのか？

「はい」

だが『嫌だ』とは言えるわけがなかった。

同情を見せてくれたのは、須川だけだ。

「大変なことになったな」

会議が終わって三々五々《さんさんごご》戻って行く途中、背後から須川が肩を叩いた。

「ん…。悪くない意見が出せたと思ったらこれだよ」

もう周囲に人はいなくなっていた。

中山も、既に廊下《ろうか》の先にいる。

エレベーターがやって来ると、中山が飛び乗り、それが最後になり扉が閉じてゆく。

閉じる扉の向こうで俺達に気づいた彼が『しまった』という顔をして、申し訳なさそうに会釈《えしゃく》する姿が見えた。

先輩より先に乗ってすいません、ということなのだろう。

「仕事、手伝うよ」

エレベーターのボタンを押し、次が来るのを待っている間に須川が申し出た。

「いいよ。お前にはお前の仕事があるじゃん」

「俺には中山が付いてるからな」

「付いてるって言うより面倒見てるって感じだろう?」

「いや、そうでもないぞ。あいつ、あれで結構物覚えもいいし、頭の回転が早いんだ。弟気質っていうのか、察しがいい」

「上、体育会系って言ってたな。察しが悪いといじめられるのかもよ」

うちも姉貴によく『気が利《き》かないわね』と怒られたことを思い出した。

「あんなにいい子なんだから、そんなことないだろう」

「いや、兄弟って結構遠慮ないよ」

「へえ」

エレベーターはすぐにやって来て、扉を開けた。

二階上がるだけなので、階段で上がればいいのだが、ここが現代人だな。やっぱり、あるならエレベーターを使ってしまう。

「さっきの話だけど、中山には話を通しておくから、もし手伝いが必要だったら言えよ?」

「うん」

そう言ってくれる須川に、『下心』は感じなかった。

仕事が忙しくなってしまったのと、中山が現れたことで、俺達の話題に再び『恋』が持ち上がることはなかった。

もしかしたら、須川も勢いで言っただけで後悔してるのかも知れないと思うと、こっちから『もういいの？』とも聞けないし。

「全員分となると結構大変だぞ」

「…だよなぁ」

なるようになる。

詰まるところ、俺はいつもそれだな。

何かをしなくちゃとか、はっきりしようとか考えるクセに、そのための行動は起こせない。

考えたり想像したりするだけの頭でっかちだ。

オフィスに戻ると、先に帰って来たことをそんなに気にしていたのか、中山は俺達の分のコーヒーを淹れて待っていた。

「すいません、流れでつい…」

叱られたワンコのように項垂《うなだ》れる中山の頭を、俺と須川は両側から撫でてやった。

「そんなに気にするなって」

「そうそう、悪いと思うならその分頑張って働けよ」

俺も須川も下がいないけれど、弟ってこんな感じかな、と目を合わせて笑いながら。

「ああ、そうだ。浜名が忙しくなったら、俺はこっちを手伝うかも知れないが、大丈夫か？」

須川がそう言った時も、中山は背筋を伸ばして敬礼の真似事《まねごと》をした。

「はい。現場に一人で行けって言われること以外ならＯＫです」

「それはダメなのか？」

「女の子苦手じゃないですけど、集団はちょっと…。なんか、負けるっていうか。一人ずつだったらいいんですけどね」

「そうなんだ。中山は女の子大好きなのかと思ってた」

「いや、好きですよ。でもああいうところに入ってく時は別です」

お姉様達を怖がらない中山は自分とは違う、と思っていた須川は、その言葉を聞いて『へえ』という顔を見せた。

須川が恋愛のことを口にしなくなったのは、中山のお陰でここの風通しがよくなったからかも知れないな。

もう俺は彼にとって唯一《ゆいいつ》の癒《いや》しではなくなっただろう。

ただ心地《ここち》良いだけの存在なら、そうやって心は変わってゆくのかも知れない。

環境が変われば、他に興味《きょうみ》のある相手ができたら、削《けず》られるように気持ちは少しずつ薄《うす》らいでゆくのかも…。

だとしたら、この忙しさに、自分の気持ちも変わってゆくのだろうか？

須川と話ながら、俺は真樹夫ちゃんを思い浮かべていた。

「浜名、早いうちにファイル作っといた方がいいぞ。みんなデータ送って来るだろうから」

「ああ」

それが少しだけ、須川に対して後ろめたかった。


いつもより遅い時間にアパートへ戻って来ると、カギを開ける音を聞き付けてか部屋に入ってすぐに真樹夫ちゃんから携帯に電話が入った。

『新作のメニュー作ってるんだが、試食に来るか？』

「行く。着替えてから行くから待ってて」

スーツを脱いでラフなシャツとカーゴパンツに着替え、隣室のドアを開けると、中からはいい匂いが漂《ただよ》っていた。

「もうちょっとでできるから、座って待ってろ」

キッチンに立つ真樹夫ちゃんは顎で奥を示した。

「うん」

だがそう言われて向かった奥には上田さんが座っていた。

「あれ、お店は？」

なんだ二人きりじゃなかったのか。

ほっとしたようながっかりしたような…。

「ビルのメンテナンスで急遽《きゅうきょ》休日。上の部屋で水漏れだってさ」

でも上田さんも嫌いではないので、その隣へ座る。

彼には恋人がいるって話だし。

「それ、結構大変じゃない？」

「まあな。もしかしたら、暫《しばら》く休みを取ることになるかも」

「え、そんなに深刻《しんこく》なの？」

「いや、ビルのオーナーが、ついでに古い配電とか直したいって言い出してね。工事費はもちろん大家持ちだからいいけど」

「収入減るじゃん」

「なんで今考慮中。いっそ暫く休暇《きゅうか》にするか、別の場所で仮営業するか」

「そんなに長くかかるの？」

「どうかな…。まだ詳しい話、してないし。それより、酒の匂いもしないのに随分《ずいぶん》遅い帰宅じゃないか、サラリーマン」

「残業。今大変でさ。こっちも新メニューのリサーチってとこ」

「ああ、お菓子屋に勤めてるんだっけ」

「製菓会社って言ってよ」

俺と真樹夫ちゃんの部屋は隣同士だけど、間取りも広さも少し違っている。

俺の部屋は二階の一番端で、他の部屋の余りみたいにちょっと狭いのだ。

普段は気にならないのだが、こうして真樹夫ちゃんの部屋に来るとそれを痛感《つうかん》する。

「この間俺の恋人のこと聞いてたけど、晴くんはいないの、恋人」

「いないよ。そんな暇ないもん」

「そんなに忙しいのか」

「今は特に」

「ふーん…」

上田さんはちょっと含みのある顔で頷いた。

「ほら、テーブル開けろ」

けれど何かあるのかと問いかける前に、真樹夫ちゃんの声が飛び、質問のきっかけは失われてしまった。

上田さんがテーブルの上に置かれていた灰皿を端に退《の》けると、ドンと真ん中に皿が置かれる。

続いて三人分のどんぶりだ。

「これ何？」

「どんぶりの方は湯葉《ゆば》と水菜《みずな》の銀あんかけ丼《どん》、メインはタマネギのチーズ焼きに、豚の悪魔焼きだ」

「悪魔焼き?」

「マスタード塗《ぬ》って焼くんだよ。辛《から》いから悪魔風とかって言われてるんだ。ま、そんなに辛くはないんだけどね」

補足説明は上田さんからだった。

「タダで食わせるんだから、ちゃんと感想言えよ」

「わかってるって。いただきます」

空腹だったので、俺はすぐに料理に手を伸ばした。

丼の方は物足りなかったけれど、味は美味かった。

タマネギを輪切りにした上にチーズを乗せて焼いたのは、酒のツマミにはもってこいの味だ。

「晴くん帰って来ると、すぐわかるのな」

食べながら、上田さんが話しかけてくる。

「真樹夫ちゃんが帰って来てもわかるよ。ここ、安アパートだもん」

もちろん、三人とも箸《はし》は止めていなかった。

「失礼だな、普通だろ」

「舎監《しゃかん》の先生に監視されてるみたいな気分にならない?」

真樹夫ちゃんのツッコミを無視して更に問いかけられた。

何か意図があるみたいで嫌だな。

「別に？　生活のことはうるさく言われないし」

「でも彼女連れ込む時に困るだろ」

「だから、俺は彼女なんていませんよ」

俺はここぞとばかりにフリーをアピールした。

別に真樹夫ちゃんがそんなこと気にしてるとは思えなかったけど、取り敢えず俺には決まった相手なんていないと伝えておきたくて。

「今は、な。でもこれから先はわからないじゃないか」

「それを言うなら真樹夫ちゃんでしょう」

「ああ、こいつはそんな甲斐性《かいしょう》ないから」

上田さんは鼻先で笑った。

「でもお店ではモテてるみたいだったけど」

「店ではね。実際付き合うと大《たい》して面白味《おもしろみ》のない男だから」

「お前に言われたくないぞ」

「俺は面白味満載《まんさい》よ」

「軽いって言うんだろ」

「俺のどこが軽いんだよ」

「何にでも首を突っ込みたがるし、他人の家に勝手に上がり込むし」

「今日は試食会だろ」

二人はそのまま掛け合い漫才《まんざい》みたいな会話を続けた。

「この間のフライパン焦《こ》がしたのだって、お前が長っ話してたからだろ」

「相手は客だろ。そういう時は、鳥谷がフォローすると思うじゃないか。第一そんなこと言うならその前にケチャップとサルサソースを入れ間違えたことあっただろ」

「あれはお前が勝手に容器を入れ替えたからだ」

「ラベルは貼ってあっただろ」

「そんなの見るか」

本当にずっと一緒にいて、仲がいいんだなぁと思わせる会話に嫉妬心が湧《わ》く。

「…どうした？　ぼーっとして」

二人を見つめたままの俺に気づいて、真樹夫ちゃんが声をかける。

「うん、仲がいいんだなあと思って」

「上田とか？　腐《くさ》れ縁《えん》だよ」

「俺と鳥谷はね、秘密の共有者なんだよ」

「秘密…？」

「上田」

「そう。お互い借金持ちっていう」

上田さんはそう続けたが、真樹夫ちゃんの一言で嘘をついたとバレバレだった。

真樹夫ちゃんが借金とか嫌いなのはよく知っている。

今の店を出す時だって、うちの母親と借金しないでやりたいって話をしてたのを子供の頃に聞いていたのだ。

でも俺は突っ込まなかった。

この間の『扱いづらい』という言葉がまだ胸に引っ掛かっていたので、ウザイと思われたくなかったのだ。

「晴くんはこういう腐れ縁の友達とかいないの？」

「学生の時の友達とはまだ付き合いはあるけど、会社入っちゃったら都合《つごう》つかないから、特にはいないいかなぁ」

「会社では？　同僚に仲のいいのはいないの？」

「同僚っていっても、同じ歳ぐらいなのは須川っていうヤツしか…。あ、でも後輩が入ったんですよ、中山っていうの。男の四人兄弟の末っ子なんだって」

「そりゃ今時珍しい」

「でしょ？」

部屋に入った時には上田さんがいてちょっとガッカリしたけど、彼がいるお陰でずっと会話は続いた。

食事の話や映画の話、二人の学生時代の話に店の話。

俺がリサーチをしているというと、二人はそれぞれ自分が以前食べて美味しかった店や、今はなくなってしまった懐かしいお菓子なるものまで教えてくれた。

食事が終わると、二人はビールに手を出したが、そこは遠慮した。

「仕事持ち帰りだから、頑張るよ」

立ち上がると、一緒に真樹夫ちゃんも立ち上がる。

「そうか？　頑張るのはいいが、また寝坊《ねぼう》するなよ」

玄関先まで送ってくれて、戸口で交わす言葉。

「そしたら起こしてくれるんでしょ？」

「お前の目覚ましで俺が起きちゃうんだよ」

「迷惑？」

「…迷惑ってわけじゃないが」

「俺、真樹夫ちゃんのお荷物になってるかな」

「ばか、そんなわけないだろ」

部屋の奥では、上田さんが点けたのか、テレビの音が聞こえてきた。

「お前の面倒を見るのは姉さんからも頼まれてるしな。気にするな」

母さんから頼まれたからなの？　という言葉は飲み込んだ。

聞いてもどうしようもないことだから。

「あんまり飲み過ぎないようにね」

「生意気《なまいき》言って」

「おやすみ」

「ああ」

俺はそのまま部屋に戻ると、パソコンを立ち上げてその前に座った。

目覚ましの音は聞こえるのに、隣室の酒盛りの声は聞こえてはこなかった。

当然か、二人が飲んでるのは彼の寝室の更に向こう側なのだから。

音のない部屋。

でも仕事中だから、テレビを点けるわけにはいかず、キーを叩く音だけが部屋に響く。

食事だけは一緒に摂るけれど、ここのところもうずっと真樹夫ちゃんと二人きりでゆっくりすることなんてなかった。

彼がここへ引っ越して来た当初は、まだ学生だった俺をよく呼んでくれて、相談にも乗ってもらっていたのに。

相談に乗ってくれて優しいから、好きになった。

いつも側にいて、自分より年上で、頼りがいがあるから好きになった。

俺以外の人が見ても、多分真樹夫ちゃんはカッコイイ、だから好きになった。

自分ではそう思ってきたけれど、最近そうではないような気がする。

何かもっと、根本的に『彼がいい』と思った理由を、俺は忘れている気がする。

でもそんなのは、自分の妄想《もうそう》かも知れないとも思っていた。

男で、実の叔父さんに恋をしてしまうくらいなら、きっと何かとてつもない理由があったんだろうと、自分で自分に言い訳しようとしているだけのような。

須川からの告白を受けて、彼がそれを態度に表さなくなってしまったことが、更に俺を揺さぶっていた。

真剣に、告白してくれたのだと思う。

あの様子じゃ、子供の頃から男の方が好きで、女には全くその気が湧かなかったっていうふうでもなかったし。

普通の感覚で、普通に生きてきて、突然男を好きになったことに、須川が悩まなかったとは思わない。

あいつは、どこか生真面目な人間だから。

俺との付き合いは友情として成立していて、同じ職場である以上、これから先もずっと顔を合わせていかなければならない。

なのに、俺が拒絶《きょぜつ》するかも知れない言葉を口にした。

本気なんだと思った。

だから突き放せなかった。

自分も同じ気持ちを知っている。でも俺はそれを言葉にする勇気が出なかった。

いつか、真樹夫ちゃんの方から俺を口説《くど》いてくれないかなって、待ってたのだ。

そうだ、俺はただ待ってただけだ。

でも須川は自分から動いた。

なのに彼はもう何事もなかったかのような顔をしている。

あの後、暫くの間はそれっぽい話題が出ることもあったけど、今は全くなくなってしまった。

すぐ近くに中山という部外者がいるからかも知れない。須川は気にしいのところがあるから、秘密の恋愛をああいうあっけらかんとした人間に知られるのが嫌で、我慢しているだけなのかも知れない。

でなければ、息詰まるような仕事場で俺に息抜きを見いだしていたけれど、中山が入って来て息苦しさがなくなったから、俺を必要としなくなったのかも。

彼と俺との関係に於《お》いては、それはいいことだと思う。

俺は須川に恋はできない。

結果がわかっていることを中途半端《ちゅうとはんぱ》にはできない。

友人として付き合おうと言ったのは、心のどこかでそう言っておけば友人に戻れるのではと思っていたからかも。

そうして望む通りになったというのに、もやもやしているのは、須川に未練《みれん》があるからではない。

彼に自分を重ねようとしているからだ。

俺に下心のある須川の手が大丈夫になれば、真樹夫ちゃんに触れられても平気になるんじゃないかと思っていた。

俺を好きだと言ってくれている須川の恋心を受け入れられない理由がわかれば、真樹夫ちゃんだけが好きな理由がわかるんじゃないかと思っていた。

でも気を遣ってくれているのか、須川が俺に触れてくることはなく、ちゃんと距離を置いてくれているから、彼を受け入れられずに真樹夫ちゃんを受け入れられる理由を比べることもできない。

それどころか、須川がこうして何でもないような態度を示してしまうと、自分もいつかそういうふうになるんじゃないかと思ってしまう。

時間が経《た》てば、この気持ちは消えるのだろうか？

こんなにも長い間好きだったのに。

うちの課に、可愛い女の子とか入ってきたら、その娘のことを真樹夫ちゃんより好きになるんだろうか？

仕事をしながら、頭の半分ではそんなことばかり考えていた。

俺はどうして真樹夫ちゃんに恋をしているのだろう。

いつか、この気持ちは消えるのだろうか、と。

…真樹夫ちゃんが俺を振るという可能性もあるのに、そんなことは考えずに。


翌日は、目黒《めぐろ》の方に行ってみるつもりだった。

目黒に、小さいけれど美味しいケーキ屋があると上田さんに教えられたから。

だが、朝、出勤してパソコンを立ち上げると、そこには大量のファイルが送られてきていた。

「うわ…」

昨日、帰る前には自分のと須川達のだけだったが、今日は全員分が届いていた。

しかも開いてみると、女性陣のデータはきちんとしているが、先輩男性達のものは、価格のチェックが漏れていたり、写真がボケてたりとなかなか纏めるのが難しそうだった。

元々三課はサポート系だから、調査というより営業の現場経験者がアドバイスをするためにいるような人達なので、慣れていないのだろう。

俺はタメ息一ついてモニターを消すと、取り敢えず午前中は外に出ることにした。

午後になれば客が増えて写真なども撮りにくくなるし、一度データ整理を始めてしまったら、席を外すのも面倒になるだろうと思って。

上田さんに教えてもらった店は、駅から離れたわかりにくいところにあったが、オススメだけあってちょっと変わった店だった。

パウンドケーキに可愛いアイシングがされた、いかにも女性が好きそうなタイプだ。

俺はそこで数種類のケーキを買い、目的を説明して写真も撮らせてもらった。

それからもう一軒《いっけん》、雑誌で特集が組まれていた店に寄り、問屋街《とんやがい》で駄菓子屋《だがしや》をチェックして、昼食を摂ってから会社に戻った。

ホワイトボードでチェックすると、須川達は朝から出っぱなしで、戻りは夕方となっていた。

自分が出掛けるはずだった店を幾《いく》つか、出掛けそこねていた先輩に譲《ゆず》り、午後はずっとデスクワーク。

だが、午後いっぱいかかっても仕事は終わらなかった。

「…っていうか、週末までに形になるのかな」

泣き言を言っても仕方がない。

店やディスプレイとその店の菓子をセットにし、それを地域と価格帯別に組み直す。

また菓子の種類も区分けし、それぞれの検索ワードで組み替えができるようにした。

一人一日五店舗回り、その店で三個の菓子をチェックしたとしよう。それが課長を除《のぞ》いて十一人分となると、一日百六十五種類、それを一週間分で一千百五十五…。

しかも今日が終われば更に百五十近くの追加が入る。

会議であんなこと言わなきゃよかったと後悔して当然だろう。

その日は定時まで頑張ったが半分もできず、翌日は朝からやろうと決めて帰宅した。

午後だけで半分近くできたんだから、翌日で全て終わるはずだと見当をつけて。

けれど…。

「ごめん、昨日渡し忘れてたんだけど、これネットのデータ」

そう言って綱島《つなしま》さんが差し出したディスクに、悪い予感がした。

「これ、どれだけ入ってるんです？」

メガネの似合う理知的な綱島さんは、外見通りパソコンの扱いに精通しているだけに、その量が心配だった。

「うーん…、結構。お取り寄せのラインナップと口コミサイトを片っ端からチェックしたから。あ、でも殆どは価格帯はもう分類してあるわよ」

「殆どってことは全部じゃないってことですよね？」

「口コミのところは検索かけて辿《たど》っていったから。でも元々データ化されてるものだし、もしサイトからチェックしてくるなら登録してあるの送ってあげるわよ？」

「どっちのが楽でしょう？」

「さあ？　一応送っておくわね」

「はい」

「そんな暗い顔しないの、コーヒー淹れてきてあげるから」

「…ありがとうございます」

顔と態度で弟扱いされている俺には、彼女も優しかった。須川だったら『どうして後出しするんです』って言っちゃって険悪《けんあく》になるんだろうけど。

渡されたディスクを読み込むと、思った通り凄い量だった。

「残業決定だな…」

それも時間に制限があるから、また持ち帰りか…。

モニターを睨みつつキーボードを叩き、整理と分類を繰り返す。

社内に残っている人間が少ないので、通常業務の電話を受けたりもしながらだと、進みは予定通りとはいかなかった。

夕方、須川と中山が戻ってきても、まだ今日の予定の半分を超えたところだった。

「今日中に終わるのか？」

モニターを覗き込んだ須川に、俺は黙《だま》って首を横に振った。

「残業？」

「…の後持ち帰り」

「お前、昨日も持ち帰っただろう？」

「うん」

「やっぱり手伝ってやるよ」

「でも…」

「遠慮してる暇、ないだろ？　明後日には課長に提出しなくちゃいけないんだから」

「そうだけど…」

まだ戸惑《とまど》っていると、反対側から中山が口を出した。

「それ、システムだけじっくり作っちゃったらどうですか？」

「システム？」

「各自が調べてきたものを価格とか地域とかを打ち込むと、勝手に分類してくれるようなプログラムを作っちゃえばいいんですよ。そしたら一々《いちいち》分類するより早いでしょう？」

「そうか、そうだな」

一時的な提出書類だと思ってたから対処法でやってたが、考えてみればそうだよな。フォーマットができれば俺じゃなく入力する側が仕分けて入れてくれるってことになるし。

「中山、出来るのか？」

須川が訊くと、中山は胸を張った。

「総務にいた時、似たようなプログラム使ってた先輩がいたから、借りられるかどうか訊いて来ます。そうしたらあとは打ち込むだけだから、みんなでできますよ」

「中山」

俺は思わず中山の手を握った。

「頼む、借りてきて」

年下ながら頼れる男だ。

「じゃ、ちょっと待っててください」

中山はすぐにオフィスを飛び出して行った。

「よかった、一時はどうなることかと…」

ほっとして、俺はようやくモニターから顔を離し、背伸びをした。

「今日一日ずっとやってたのか？」

「うん」

「もっと早くにSOS出せばよかったのに」

「ホントだよな。そしたらもっと早く今の考えに至ったのに」

「俺、コーヒー買ってくるけど、お前もいる？」

綱島さんに淹れてもらったコーヒーはもう飲み尽くしていた。

甘いものが飲みたいし、缶コーヒーのがいいかな？

「うん、じゃあ頼む。あ、中山の分も買ってきてやって、お前の分も奢るから」

「安いお礼だな」

「働きによって残りは考えるよ」

「じゃ、せいぜい頑張るよ」

須川は笑いながら、中山の後を追うように出て行った。

「残業だけで終わればいいな」

俺も空っぽのマグカップを洗うために給湯室《きゅうとうしつ》へと席を立った。

ほんの少しだけ軽くなった気持ちで。


中山が借りてきてくれたのは、我が社の商品管理のために使われているソフトだった。

なので、写真の添付だけは組み込まれていなかったが、中山がちょいちょいと手を加えてそれも可能にしてくれた。

「次男の兄貴がプログラマーなんで、このくらいなら」

「体育会系って言ってなかったっけ？」

「大学の部活はラグビー部でした」

「…それは体育会系だ」

須川が課長に事情を説明し、三人分の残業を申請し、俺達は三人それぞれのデスクに向かってひたすらデータを打ち込んだ。

ホント、中山がいてくれてよかった。

今までとは比べ物にならないくらいの速度で未処理ファイルの残数が減ってゆく。

定時が過ぎ、他の人達がいなくなっても三人だけで頑張った。

ただ、哀れんでもらえたのか、綱島さんは三人分のコーヒーを淹れ、おやつのお菓子を差し入れてくれた。

「頑張ってね」

という一言と共に。

申請時間の七時になっても完全には終わらなかったが、取り敢えず何とかなりそうだった。

後は明日の午前中に頑張れば終わりそうだ。

「お腹空《す》いただろう。夕飯食べて帰ろうか」

俺が誘うと、中山はちらりと須川を見た。

「えっと…、俺、今日行くところがあって…」

「何だ、予定があるなら早く言えばいいのに。ごめんな、引き留めて」

「いや、時間的にはどうこうってことはないんです。…すいません、また今度お付き合いさせていただきますので」

彼もまた体育会系のノリなのかな、別に帰りにメシ食うぐらい自分の予定を優先させてもいいのに。

須川の態度を気にしているように見えるのは、彼が直属《ちょくぞく》の先輩となるからかな？

「別にいいよな、須川」

中山の気持ちを軽くするために、その直属の先輩の許可を取ってやる。

「そうだな。今度三人で予定を決めてちゃんと飲みに行こうか」

須川も気にしてないというように、笑みを浮かべながら中山の肩を叩いてやった。

「考えてみたら、お前の歓迎会もやってなかったし」

「いや、そんな。単なる配置替えですから」

「それでも、さ。折角《せっかく》仲間になったんだから懇親会《こんしんかい》はやろう」

「須川さん…」

中山は感激した顔で彼を見つめた。

可愛いなあ。

「今日のところは、少し話があるんで俺と浜名だけで行ってくるよ」

「はい。あ、じゃあカップ下げて来ます」

中山は三人分のカップを持って給湯室へ向かった。

「話って何？」

彼がいなくなってから、俺は須川に訊いた。

「別に」

すると彼は肩を竦《すく》めて笑った。

「ただああ言えば中山が気にしないだろうと思っただけさ」

「ああ、なるほど」

須川は気遣いの人だな。

中山と一緒に警備員さんが来たので、俺達は慌てて会社を出た。

「それじゃ、明日また」

建物の外に出ると、中山は一人速足で駅へ向かって走って行った。そんなに急ぐほどの用事があったなんて、悪いことしたな。

ソフトを借りてきてくれたこととい、あいつには明日の昼メシでも奢ってやらなくちゃ。

「さて、俺達はどうしようか？」

中山の姿が見えなくなってから、俺は須川を振り向いた。

「ちょっと飲みたいんだけど、付き合ってくれるか？」

「酒、強くないからな。軽くならいいよ」

「じゃ、いい店があるから行こう」

彼に先導《せんどう》され、こちらもまたゆっくりとした足取りで駅へ向かって歩き出す。

「店ってどんなとこ？」

「腹減ってるから、メシが美味いところがいいだろ？　地酒があって、魚が美味い店なんだ」

「へえ、それも先輩情報？」

「いや、雑誌。今回のことでグルメ雑誌を調べてる時に見つけたんだ。だから俺も初めて行くんだよ」

「じゃ、楽しみだな」

須川が携帯の案内を見ながら連れてってくれたのは、会社から二駅離れたところにある居酒屋のような店だった。

駅から離れた裏通り。

ちょっと素敵な縄《なわ》のれんだが、中に入ると意外に広く、女性客もいる。

流行の昭和テイストというやつだろう。カウンターは昔ながらの木の造りだが、壁際のテーブル席は全て個室ふうになっていて、通路から丸見えだが、隣のテーブルとは隔絶《かくぜつ》されている。

男なら商談に、男女ならデートにもってこいの場所だな。

そこで刺し身の盛り合わせと焼き魚と、何品かのおツマミを頼んだ。

メニューを見る限りはリーズナブルな値段だ。

「家で残りを打ち込むんだろ？　何だったら、俺のとこに来て一緒にやるか？」

「いや、もう今日は帰ってゆっくりするよ」

「疲れた？」

「うん。目がシカシカする。ここんとこ、こんなにモニター見てたことなかったから」

空腹だったし、魚はなかなか美味かったし、頭を抱えていた仕事は何とかなりそうだし、上機嫌だった。

「ここ、カシスのビールあるんだってさ」

「カシス？」

「甘いやつじゃないか？」

「へえ」

「ほら、他にもレモンとか紅茶なんてのもあるぞ」

言いながら彼が見せてくれたドリンクメニューに心惹《ひ》かれてしまったのも、そのせいだろう。

いつもなら、酒は弱いからあまり飲まないようにしていたのに。

「飲んでみろよ。飲めなかったら、残りは俺が飲んでやるから」

「チャンポンになるだろ？」

「所詮ビールじゃないか。アルコールの度数もそんなにないし、大丈夫だよ」

ビールなら、中瓶《ちゅうびん》一本ぐらいは飲める。

珍しいところへ来たんだし、少しくらいならいいか。

「じゃ、カシスのやつ頼んでみようかな」

促《うなが》されるまま、ついアルコールをオーダーしてしまう。

一緒に飲んでるのは須川だし、店の雰囲気《ふんいき》も悪くないし、別にいいだろう。

注文して運ばれてきたのは、小さなビンとグラスで、自分で量も加減できそうな感じだった。

「ん、甘くて美味い。ジュースみたい」

「俺にも少し」

須川は飲んでいたビールのジョッキを空にして、ここへ注げと差し出した。酒を飲む人は味が混ざっても気にしないんだな。

ジョッキに赤紫の液体を注ぐと、彼は一気に飲み干《ほ》し、「美味いけど物足りない」と言ってジョッキの生を追加した。

「今回の仕事、どう思う?」

「どう思うって?」

「本来営業の仕事じゃないだろ?　ひょっとしてうちの課は丸ごと営業から外されるんじゃないかな?」

「外してどうなると?」

「企画開発の下とか、新しくサポート部門として立ち上げるとか」

「今更そんな面倒なことしないだろう」

「俺や女性社員はいいけど、年寄りはなぁ。正直、会社として切りたがってるんじゃないかと思うんだよ」

「まさか」

「でも切るに切れないから、子会社化しようとしてるとか」

「うーん…、それはないとは言い切れないな。最近部門切りして子会社にするところが多いって言うし」

会話は、しごく真面目なサラリーマンの話題だった。

今やってる仕事のことや、上司の話。社会情勢と原材料価格や、菓子業界の見通し。

夢みたいな話だけど、と前置きしてから自社製品でカフェをやってみたらいいんじゃないか、なんて企画まで。

須川はいつもの須川だった。

ただいつもより熱く語り、話題に熱中しているように見えたけれど、変わってるというほどではなかった。

きっと酒が入ったから熱が入るのだろうと理解する程度だ。

俺にビールを勧《すす》めるのは、それが珍しいものだからだとも思っていた。

カシスが飲み終わったらレモン、レモンが飲み終わったら紅茶と続けられても、半分は味見と称して彼が引き受けてくれていたし。

「中山に聞いたんだけど、今年の新入社員は工場見学も行ったらしいぞ」

「へえ」

「で、ビビッたって」

「どうして？」

「もしかしてこの中の何人かが工場勤務になるのかもって思ったらしい。だから、営業じゃなくて総務に回されても、取り敢えず本社ならいいかって思ったんだってさ」

「中山、いいヤツだよな。明日昼メシ奢ってやろうかと思ってるんだけど、昼、戻ってくる？」

「あんまり中山ばっかり可愛がるなよ」

ちょっとした違和感を感じたのは、その時だ。

「何で？　可愛いじゃん。俺よりちょっと背が高いけど、弟みたいな感じで」

「あいつばっかり可愛がってると妬くぞ」

表情に、特別な変化はなかった。

でも、セリフは聞き流せなかった。

「…須川だって、中山のことは好きだろう？　可愛がってるじゃないか」

「そりゃ可愛いとは思うけど、浜名とは別だよ」

別ってどういう意味？

訊きたかったけれど、訊いてはいけない気がして曖昧《あいまい》に笑う。

「あ、俺ちょっとトイレ行ってくる」

空気を変えた方がいい。

そんな気がして俺は立ち上がった。

トイレに行き、用を済ませて手を洗いながら、自分の感じた違和感を打ち消そうとした。

中山が配属されて以来、そういう話題は出なかった。

もうとっくに彼の中で俺など恋愛対象から外れていると思っていたのに、まだ続いているのだろうか？

それとも、ただ同僚としてヤキモチ焼いてるというだけの意味なんだろうか？

「…何考えてるんだ。居酒屋で変なことされるわけがないし、明日は会社もあるじゃないか」

冷たい水で入念に手を洗って席に戻ると、須川はビールではなく焼酎《しょうちゅう》を頼んでいた。

「変えたの？」

「地酒飲みたくて来たのを忘れてた」

そういえばそんなこと言ってたな。

「明日のことだけど、昼間多分戻って来れないな」

「え？　あ、そうなんだ」

「暫くはリサーチが続くし、これが終わったら中山の歓迎会にしよう。それで支払いは俺と二人で折半《せっぱん》すればいいだろう？」

「お前も出すの？」

「可愛い後輩だから」

よかった。

気にし過ぎだった。

過剰《かじょう》に反応し過ぎだ。

「実は何げに中山のこと、気に入ってる？」

あんまり構えると失礼だと思って、俺はさっきの言葉を聞かなかったフリをした。

「あいつ、本当に兄さん達に虐《しいた》げられてきたみたいで、俺のこと優しい、優しいって懐いてくるから」

「兄貴ってそんなもんかね」

「わかんないな。でも俺は上は欲しくないいな。兄さんも姉さんも」

「須川、一人っ子だもんな」

ほっとして、俺は残りのビールに手を伸ばした。

「次はチョコレートビール？」

「うーん、どうしようかな」

「飲んでみろよ。美味しかったら参考になるかも知れないぞ」

「うちは酒はやらないだろ」

「でもコラボ商品としてはいいかもよ」

「なるほど」

変わらない彼の態度にほっとして、俺はこれで最後にするからなと言いおいて、チョコレートビールを頼んだ。

小ビンといえど四本目。

少し酔いも回ってきた気がして、俺は水を飲んで身体のアルコールを薄めた。

だがそのせいでもう一度トイレに立つはめになり、立ったり座ったりしたせいか、店を出る頃にはすっかり酔っ払ってしまった。

目元が熱くて頭がぼーっとする。

「割《わ》り勘《かん》だからな」

「わかってるって。同じ安月給だろ」

財布《さいふ》を取り出して、金を出した時にはまだ頭ははっきりしていた。

だが駅へ向かって歩いてゆくうちに、足元がおぼつかなくなってきた。

「大丈夫か？」

「んー…、ちょっと酔ったかも」

「何だったら、タクシー乗るか？　割り勘ならそんなにかからないだろうし」

「でも、須川は路線が違うじゃないか」

「南北に離れてるだけで、直線距離だとそんなに離れてないんだ。俺も随分飲んだし、浜名が乗らなくても俺はタクシーで帰るよ」

「…それなら俺も便乗《びんじょう》するかな」

駅へ向かっていた足を大通りに向ける。

不況《ふきょう》でタクシーを使う者が少ないからか、空車のタクシーはすぐにやってきた。

須川が手を上げて車を停め、「俺のが遠いから」と先に中に入った。

俺も続いて乗り込み、シートに身を沈める。

「S町までお願いします。その後N町の方へ回ってください」

彼が運転手に行き先を告げるのを聞きながら、俺は目を閉じた。

量的にはそんなに飲んでないと思ってたけど、やっぱり多すぎたかな。甘い酒は酔いやすいというけど、ビールでもそうなんだろうか?

身体がふわふわして気持ちがいい。

じっとしていると、酔いは更に回って眠気を呼んだ。

「着いたら起こすから寝てていいぞ」

耳元で囁かれる声。

ここで眠ると起きられなくなるような気がして、俺は何とか目を開けていようと努力した。

けれど、疲れた所に飲んだからか、空《す》きっ腹《ぱら》の時から飲み始めていたからか、たかがビールなのに身体が重い。

車でゆらゆらと揺られていることも、車内が静かすぎるのも一因《いちいん》かも知れない。

「浜名、寝たのか？」

寝てない、と返事したかったのに、頭が垂れて返事ができなかった。

半分眠っていて、意識だけが起きている、そんな感じだ。

その意識の方も、暫く走ると曖昧になってきた。

でも寝入っても須川が起こしてくれるし…。

そう思って意識を手放しかけた時、俺は全身に鳥肌が立つのを感じた。

須川の手が、俺の膝に置かれたからだ。

寝てるかどうかの確認だったのかも知れない。車の揺れに身体を支えようとしたのかも知れない。

だが俺はそれだけで酔いも、眠気も吹っ飛んでしまった。

「今どこ？」

起きているよ、という意思表示のために顔を上げ、声を出す。

「なんだ、起きてたのか」

「もうS町ですよ。『園田《そのだ》』の駅前ですけどつけますか？」

須川の声に被せて運転手が答える。

『園田』といえば俺のアパートに一番近い駅だ。須川はそれを知っていたっけ？　知らなかったっけ？

「お願いします」

どちらにせよ、通り過ぎる前でよかった。

タクシーは大きく曲がり、ロータリーへ入って停まった。

俺はシートベルトを外すと、すぐにそのまま車を降りた。

「レシートもらっといて。明日払うから」

「いいけど、大丈夫か？　アパートの前まで送ろうか？」

「途中のコンビニで買い物あるからここでいいよ。じゃ、また明日」

背中にはまだ鳥肌が立っていた。

でも俺は笑って彼に手を振り、ドアを閉めた。

首の後ろがざわざわする。

須川は、まだ俺のことが好きなのだと、確信した。

根拠《こんきょ》がないと言われようと、俺にはわかる。『あの手』を間違えはしない。『あの手』は、自分にとって異質なのだ。

一気に覚めた酔いが、タクシーが消えてしまうとドッと戻ってきた。

だがまだここは駅前だ。

何とかアパートまで帰り着かないと。

俺はゆっくりと歩き出し、家路を辿った。
さっきの倍になって返ってきた酔いと眠気に抵抗しながら…。

階段を上ったのは覚えている。
手摺《てす》りにしがみつくようにしてゆっくりと上ってきた。
一番奥の自分の部屋まで行く間に、何度か壁にぶつかりかけて手をついたのも。
ドアを開ける時、カギを一度床に落としてしまった。
でもちゃんと拾《ひろ》ったし、すぐに扉は開けた。
でもそこで気力が尽きた。
靴《くつ》を履《は》いたまま倒れ込むキッチンの床。
あとほんのちょっと進めばベッドが待っているのに、そこまで動くことができない。
こんな酔い方、したことないのに。あの甘いビール達との相性が悪かったんだろうか？
冷たく硬《かた》い床。
目眩《めまい》がするほどの眠気。
起きているのか、眠っているのか、わからない感覚。

ダメだ、このままこんなところで寝たら風邪《かぜ》をひく、と考える理性はあるのに、やっぱり身体は動かなかった。

すると、足元でドアが開く音がした。

ああ、いけない。

カギは開けたけど、俺、閉めるのを忘れてた。

でもドロボウじゃないよな？

こんな安アパートに入るドロボウなんていないだろうし、そんな奴が来ても真樹夫ちゃんが気づいてくれるはずだ。

真樹夫ちゃん…。

ああ、そう。

これは真樹夫ちゃんだ。

俺がうるさくして帰ってきたから、様子を見に来てくれたのだ。

その名前を呼ぼうと思ったのに、唇は動かなかった。

やっぱり俺は寝てるんだろうか？

真樹夫ちゃんは黙ったままそこに立っていたが、ゆっくりと俺を抱き起こした。

微かなタバコの匂い。

目を開けなくてもちゃんとわかる。

きっと呆《あき》れてるんだろうな。こんなへべれけになるまで飲むなんて、バカじゃないのかって。

起こされた身体が、壁によりかからせられる。

微かに聞こえる吐息《といき》。

様子を窺《うかが》うように頬に触れる手。

気持ちよかった。

酔いが、じゃない。

触れてくれる手が、だ。

俺の身体が熱いからか、手はひんやりと感じた。

髪を撫で、頬を撫で、襟を緩める。

目を開けて『ごめんなさい』と言うべきなのだろうが、触れてくれる手があまりにも心地よくて、それを止めるようなことをしたくなかった。

意識を搦め捕っていた酔いのせいもあっただろう。でも、他の誰の『手』とも違うその感触を、失いたくなかった。

なんだ、やっぱり『あの手』は真樹夫ちゃんじゃなかったんだ。

だって俺はこんなにもあちこち触られてるというのに、嫌悪感も何も感じない。

あの時の恐怖など、微塵も呼び起こされない。

ただ彼が自分に、こんなにも優しく触れてくれるんだということが嬉しいだけだった。

やっぱり俺、真樹夫ちゃんが好きだな。

彼が特別な理由などはっきりしなくたって、感覚がそう告げている。

この『手』以外は嫌だ。

これだけがいい。

この『手』が欲しいって。

頬にある手に、寄りかかるように首を傾《かたむ》ける。

吐息が顔にかかり、ベッドまで運んでくれるのかと思った。そのために彼が近づいたのだと。

だが次の瞬間、柔らかいものが俺の呼吸を妨げた。

『手』じゃない。

『指』でもない。

もっと柔らかくて、タバコの匂いのするものが、俺の唇に重なる。

…唇？

そうだ、唇だ。

気づいた次の瞬間、温かく湿ったものが俺の唇をこじ開けて中に侵入《しんにゅう》してきた。

とろり、と意識が融《と》ける。

口の中をかき回される感覚に、熱が上がり、意識が更に遠のく。

緩んだ口元に擦れる不精髭。

「ん…」

俺、真樹夫ちゃんにキスされてるんだ。

真樹夫ちゃんも、キスしたいくらい俺のことを好きでいてくれたんだ。

寝込みを襲《おそ》われてるということよりも、そっちの方が嬉しくて、俺は幸福感に漂った。

俺達、相思相愛《そうしそうあい》じゃん、と思いながら…。


キスされて、抱き締められて、愛された実感を得た。

キスってこんなに気持ちいいものなんだ。

触れられるって、気持ちいいものなんだ。

子供をあやすように触られるのではなく、求めるように、それでも優しく滑る指。

大切なものを磨《みが》くように、確かめるように。

ああそうか。

相手が自分勝手に俺から何かを奪おうと、押し付けようとする手が怖かったのか。与えよう、守ろうとする手は、こんなに心地いいのか。

でも顔が痛い。

首が痛い。

こんなに大切にされているのに、右の肩も痛い。

「ん…」

遠くで、目覚ましの音が聞こえる。

俺の時計は二十四時間時計だから、セットしなくても毎日鳴るのだけれど、どうして音があんなに遠いんだろう。

時計は壁際のこの辺りに…、と思って伸ばした手が、何かに当たった。

「痛…っ」

何だ？

こんなところに何か置いたっけ？

うっすらと目を開けると、茶色い床が目に入った。

「ん…？」

自分の手を目の前に持ってくる。

「んん…？」

スーツ姿？

おかしい、と思ってる間に地面が微かに揺れ、いきなり空気が動いた。

「何やってんだ」

真樹夫ちゃんの声。

でもどうして足元から？

「こんなとこで寝たのか？」

こんなとこ…？

固まった身体を動かして起き上がると、あちこちの関節が痛んだ。

「着替えてもいないじゃないか」

手が、俺の腕を掴む。

「大丈夫か？　起きてるか？」

視界に入った心配そうな真樹夫ちゃんの顔。

切れ上がった目とシャープな顎、そこにまばらに見える不精髭。

「…真樹夫ちゃん？」

俺は彼の顔に触れた。

これは現実だ。

でも…。

「ほら、しっかり立て」

「俺…」

「飲んで帰ったのか」

「…うん。身体、痛い」

「当たり前だ。床で寝たんだから」

「床…」

　確かに、そこは玄関先だった。

　辛《かろ》うじて靴は脱いでいたが、足先はまだ沓脱《くつぬ》ぎに残っている。

　手摺りにすがるようにして階段を上り、ふらつきながらドアの前まで来て、自分でカギを開けて部屋の中に入った。

　そこまでは覚えている。

　でもそこから先は…？

「ほら、シャワーでも浴びてこい。メシ作ってくるから」

「うん…」

「シャッキリしろ。ぐずぐずしてると遅刻するぞ」

「うん…」

「晴！」

「わかってる。うん…、シャワー浴びる」

　真樹夫ちゃんの手に支えられ立ち上がると、下にしていた身体の右側に痛みと痺《しび》れがあった。

「寝直すなよ」

「わかってる。大丈夫」

俺は彼から離れ、ふらふらとバスルームに向かった。

背後ではタメ息と共に玄関の扉が閉まる音が聞こえる。

「あ、着替え…」

ユニットバスのドアノブに手をかけたところでそれを思い出し、ベッドルームへ向かう。

鳴り響く目覚まし時計を止め、よれよれになったスーツをベッドの上に脱ぎ捨て、真っ裸になってから着替えの下着を持って風呂へ向かった。

バスタブに立ち、カランを捻《ひね》ると温いお湯が降り注いだ。

「夢…、か」

真樹夫ちゃんに触れてもらったのだと思った。

彼の手なら大丈夫だと確信した。

キスしてもらって、キスって気持ちいいって思って、両想いでよかったたって喜んだ。

なのに、それは全部夢だったのだ。

昨夜彼が本当に俺のところに来たのなら、起こさずにあんなところへ俺を転がしておくはずがない。

もし運べなくてそのままにしていたのだとしても、毛布の一枚もかけないはずがない。

何より、入ってきた時に『こんなとこで寝たのか?』なんて言うわけがない。

あれは全部、自分がこうだったらいいなと思って見た、夢だったのだ。

自分の指で触れる唇。

キスくらいなら、今までしたことはあった。もちろん女の子相手だけど。

でもそれは子供のキスで、唇を押し当てる程度のものでしかなくて、あんな舌を使うようなものではなかった。

ディープキスが舌を差し込んでするキスだとは知っているが、実体験はなかった。

なのにあんなにも生々《なまなま》しかった感触。

でもそれも夢なのだ。

彼にキスしてもらいたい、触れてもらいたい。触れてもらって、その手は大丈夫なんだと実感したいという欲望のなせる業《わざ》だ。

「…夢だから平気だっただけか」

がっかりだった。

折角光明《こうみょう》が射《さ》したと思ったのに、幻《まぼろし》の光だったなんて。

「晴！　中で寝るなよ！」

バスルームのドアが外からドンドンと叩かれて、俺はハッと我に返った。

「わかってる、寝てないよ」

「頭は乾《かわ》かしてやるから、そのまま出て来い」

「はーい」

頭っからシャワーの滝に突っ込み、目を覚まし、お湯の温度を少し上げる。熱くなった湯が冷えきった全身を包み込む。

ものは考えようだ。

あれは全部夢だったけど、少なくとも俺は実感した。

あんな夢を見るくらい真樹夫ちゃんが好きだって、特別だと感じたいって。

他の誰に対しても、あんな夢は見たことがなかった。だからあれが俺の真実の心なのだ。

簡単に頭と全身を洗って、下着だけを身につけてシャワーから出ると、いい匂いが部屋を埋め尽くしていた。

「そんな格好でうろうろするな、風邪ひくぞ」

パンとチーズとコーヒーの匂い。

「うん」

すぐにでも食卓につきたいほどお腹は減っていたが、ベッドルームに行ってズボンとシャツを身につける。

テーブルに座ると、ポテトサラダとクロックムッシュが待っていた。

「食ってろ」

と言って、真樹夫ちゃんが背後に回り、勝手知ったる何とやらでドライヤーを持ってくると俺の髪を乾かし始めた。

「何だってそんなに飲んだんだ」

齧《かじ》り付いたパンは美味しかった。

「そんなに飲んだつもりはなかったんだけど、凄く眠くなって…。甘いビールって酔いやすいのかな？」

「甘いビール？」

「カシスとかチョコとか」

「別にそんなに酔わないだろ。量はどれくらい飲んだ？」

ドライヤーの轟音《ごうおん》の中交わす会話。

「四種類だから、小ビンで四本。でも一緒に行ったヤツが半分くらい飲んでくれてたから、実質二本ちょっと？」

指が、髪を揺らすように頭を掻《か》く。

その動きにつられて頭も動く。

「その程度じゃあんなにはならんだろ」

子供の頃もこんなこと、あったなあ。

「俺もそう思う」

「飲み会か何かだったのか？　イタズラでトイレ行ってる最中に何か混ぜられたとか」

「違うよ、二人で…」

あ、何だろう。

嫌な考えが浮かぶ。

「晴？」

俺、トイレに行ったけど、その時飲み残しのグラスはあったけど、須川は俺に『下心』があるとは言っていたけど、そんなことあるはずないのに。

「ねえ、真樹夫ちゃん。カシスビールって飲んだことある？」

「うちの店にも置いてるぞ」

「じゃあさ、それに焼酎とか混ざってても味って変わらない？」

「量にもよるが、甘いからわかりづらくはあるな。特に酔ってる時は」

「もしそんなの飲んだら、悪酔いする？」

「それも量によるが、お前はチャンポンダメだからダメだろ。そんな飲み方したのか？」

「ううん、そんなことしないよ」

しないけど…、されたかも知れないと思った。

疑うことは悪いことだけど、もしかしてって。

だって考えてみると、酔ったからタクシーを使おうと言ったのは須川だった。でも車に乗っても、彼はそんなに酔ったふうでもなかった。

もしかしたら、酔った俺を気遣って言ってくれただけかも知れないけど。

うちの近くの駅まで来たのに、起こしてもらえなかったことも引っ掛かった。

ああ、いや。あの時須川は俺の膝に手を置いた。それが俺を起こすための所作《しょさ》だったのかも知れない。

「晴？」

いい方に考えたい。

須川は友人だから。

「俺、きっと飲んだことのないお酒に酔いやすいんだね。今度誘われたら気をつけるよ」

「そうするに越したことはないだろうな。ま、どうしても断れない友達と飲むんだったらうちで飲めばいいさ」

「家に連れて来るってこと？」

「『オーバーレイン』の売上に貢献しようって気はないのか？」

「ああ、そっちか。うん、そうだね。そうしようかな」

でも、須川と真樹夫ちゃんを会わせるのは何となく抵抗がある。

「ここで飲むなら、一言俺に連絡しろ。ツマミぐらいは作ってやるよ」

「有料？」

「かもな。ほら、乾いたぞ」

最後にパラパラっと髪を崩《くず》して音が止んだ。

「ん、ありがとう」

頭が振られなくなったから、やっとコーヒーに口を付ける。

『オーバーレイン』で飲んだコーヒーは苦かったのに、これはまろやかで美味かった。

「悪い友達と付き合うなよ」

「悪い友達？」

「お前を酔いつぶすような、さ。友達に言ってあるんだろ？　俺は酔いつぶれるからあんまり飲まないって」

言ってはあるのだ。

知ってるはずなのだ。

だから俺を酔いつぶすなんて、するわけがないのだ。

「真樹夫ちゃんは友達を酔いつぶしたことある？」

前に回って冷めたコーヒーに手を伸ばす彼に問いかけた。

「そりゃ、しょっちゅうだな。つぶされたこともある」

当たり前だと言わんばかりに返ってくる答え。

「そうなの？」

「…まあ悪い友達ばっかりだったから。人がトイレに行ってる間に、酒や焼酎を入れられたり、タバスコや塩を入れられたり。だからトイレに立つ前はグラスを空にすることにしてた」

何だ、そうか。

もし入っていたとしても、イタズラだったのかも。それで俺が酔ったから慌ててタクシーを拾ったのかも。

その方が須川らしい答えだ。

「タバスコって悪酔いするの？」

「ただ俺が吹き出すのを見たかっただけだよ。コーヒー冷めたな。もう一杯飲むか？」

「うん」

どうりで美味しいと思ったら、彼はコーヒーをポットで持ってきてくれていた。

カップに注がれる新しいコーヒーは香りが強く、ほっとさせてくれた。今彼がくれた言葉と同じように。

やっぱり真樹夫ちゃんは特別、と思って彼を見ると、視線が合った途端《とたん》逸《そ》らされた。…ような気がした。

「酒に酔いつぶれて帰って来る、か。もうお前のことを子供扱いできないな」

いつになく静かな声で呟《つぶや》く。

やっと対等に見てくれるの？

嬉しいはずのセリフなのに喜べなかった。

「これからは、あんまりうるさく言わないようにするから、何でも自分でやるんだぞ」

俺から視線を逸らせたまま続けられた言葉は、彼が自分から離れてゆくと宣言したように聞こえて。

「そ…んなのすぐにはできないよ」

「何言ってる。いつも子供扱いするなって言うクセに。ほら、いつまでものんびりしてると遅刻するぞ」

「真樹夫ちゃん」

「片付けはやっておくから、早く行け」

それは繋いでいた手を、突然振り払われたようなショックだった。


『もう面倒見ないぞ』

というセリフは、今までも何度か言われたことがあった。

大抵《たいてい》は俺が何か失敗したり迷惑をかけてしまった後だった。

それで言えば、今日も同じ状況だった。

けれど、いつもは怒ったように、呆れたように言うのに、今朝は静かな声で言われてしまったことが、今度こそ本当なんじゃないかと不安にさせられた。

子供扱いされなければ、恋愛に繋がる道ができるのではないかと思っていたから。

けれど実際言われてみると、まるで別れを告げられたような気分になってしまった。

背中から、あっちへ行けとポンと押し出されてしまったような…。

これは歓迎するべきことなのか、それとも俺は失敗したのか。頭の中はそのことでいっぱいで、昨夜の須川の行動のことなんて、どうでもよくなってしまった。

「ぼーっとしてますね、浜名さん」

なので、声をかけられるまで、中山に近づかれていたことも気づかなかった。

朝から手伝ってもらっていたのに。

「んー、ちょっと昨日飲み過ぎた。あれ？　中山達、今日は出掛けないのか？」

「須川さん、課長に捕まったんです。課長会議に連れてかれちゃって…、ってそれも気づいてなかったんですか？」

驚いた顔で見られて、ちょっと恥ずかしくなる。

「…俺、酒弱いんだよ」

「下戸《げこ》ですか？」

「ってわけじゃないけど。中山は？　酒強いのか？」

「俺ですか？　強いですよ。一升瓶《いっしょうびん》空けますから」

「ホントに？」

「うちで弱いと、大変な日に遭《あ》いますから」

…どんな目に遭うんだろう。

「中山ん家《ち》って、不思議」

「いやもうホントに、俺の周りって拳《こぶし》でものを語るタイプばっかりで、俺チビだから遊ばれる一方ですよ」

「中山、俺より大きいじゃん」

「我が家では母親の次です。だから、俺より大きいのに優しい須川さんなんて、信じられない存在ですよ」

須川のことを語る中山は、まるでアイドルを語る子供のようだった。

目がくりんとしてるから、体格の割りには子供っぽいんだよな。

「あ、もちろん浜名さんも優しい先輩だと思ってますよ」

「でも今の言い方だと、背が低い人には優しい人がいるから珍しくないだろ？」

「はい」

正直なヤツめ。

「あ、渡されたヤツ終わったんで、他に打ち込むものがあったらください。まだ須川さん戻って来ないみたいなんで」

「いいのか？」

「残っててもすることないですし。昨日先に帰ったお詫《わ》びです」

「別に帰ったっていってても仕事終わってからじゃないか」

「でも、浜名さんのお誘いより須川さんのお願いを優先させたから」

「…え？　昨日の用事って須川の用事だったの？」

訊き返すと、中山はしまったという顔をした。

「いや、あの…。今の内緒《ないしょ》ですよ。気を遣わせるから言うなって言われてたんですから」

帰る、と言い出した時に須川の様子を気にしていた中山。

まさか、二人になるために中山を追い出したのか？

「気を遣わせるって？」

「もう一軒行きたいケーキ屋があったらしいんですけど、二人で消えると気にするだろうから、俺だけで行ってくれって。それに浜名さんと話したいことがあるからって」

「あれからもう一軒回ったのか」

「はい。一応目的のものは買えました」

胸が、ざわざわする。

須川の気持ちがわからない。

本当に俺に気を遣って中山だけに仕事を任せたのか、俺と二人になりたくて理由を付けて中山

てしまう。

もし意図的に排除したのだとすれば、その後の酒のことも、タクシーのことも、疑わしくなってしまう。

俺は、須川を疑うべきなのか？　信じるべきなのか？

「浜名さん？」

「ああ、わかった。今の話は須川には内緒な。俺も知らないフリしとくから」

「すいません」

中山は軽く頭を下げた。

「謝ることじゃないさ。中山、パソコン得意なんだよな？　じゃ、サイト関連の方を頼むよ、データ送るから」

「はい」

中山が自分の席に戻るから、彼のパソコンにデータを送る。

送ったと知らせるために手を上げて微笑むと、すぐに中山はパソコンに向かった。

自分も自分の仕事をしなくちゃならないのに、指が動かない。たった今知った事実の解釈《かいしゃく》が気になって、集中できなくて。

真樹夫ちゃんに突き放された分、須川に迫られた感じ？

それだとまるで俺が両天秤《りょうてんびん》かけてるみたいだが、俺はちゃんと最初に須川は恋愛対象にはならないって言ったのだ。

友達でいいと言ったのは彼だ。

ならば自分の態度は悪いとは思えない。もしこの状況が嫌なら、言ってくれればいいのだ。

「あ、須川さん」

暫くして戻ってきた須川は、真っすぐに声をかけてきた中山に向かった。

「何だ、まだやってるのか？」

「戻られないんで、手伝ってたんです。もう出ますか？」

「引き受けたんなら、区切りのいいところまでやっとけ。途中で放り出されたら困るだろ」

「はい」

それから俺の方へ近寄ってきた。

「今日も内勤《ないきん》か」

「うん」

会話するのに、微妙な緊張が走る。

「昨日はちゃんと帰れたか？」

にこやかな顔に、安心することができない。

「玄関先で寝てた。もう飲んだことのない酒はこりごりだよ」

「お前、弱いもんな。悪かったな、変に勧めて」

「いや、いいよ」

本当にすまなさそうに言ってくれるので、思い切って俺は質問をぶつけた。

「お前、俺がいない間にビールに何か入れたりした？」

「はぁ？　何で？」

「…学生の頃、トイレ行ってる間に色々入れられて悪酔いしたことがあってさ」

俺にはそんな経験はないのだが、真樹夫ちゃんが当たり前のように言っていたから、あり得ることだろうと思って嘘をつく。

けれど須川はそれを笑い飛ばした。

「何か入れられたら味変わるだろ。それともわかんないのか？」

「わかんない」

「浜名、あんまり酒飲まない方がいいかもな。自分の限界がわかんない酒は特に量を減らした方がいいかもよ」

本気で言ってるような表情。

「うん」

やっぱり考え過ぎだったのかも。

「中山の歓迎会、酒抜きにする？」

「…いや、中山飲むっていうから、飲ませてやりたいし。俺が自分で注意すれば大丈夫だろ」

「それじゃ、『ココシュ』は？　あそこならノンアルコールのドリンクあっただろう」

須川は、課の飲み会でも使う店の名を口にした。

「中山にリクエスト取ったら？　俺が酒に強くないことはさっき言っておいたから、考慮して考えてくれるだろう。『ココシュ』は女性陣と鉢合《はちあ》わせするかもよ？」

「それはまずいな。わかった、本人に聞いてみるよ。今朝ぼーっとしてたのは、二日酔い？」

「ああ」

「気をつけろよ」

笑って去ってゆく須川の背中を見ながら、やっぱり考え過ぎだと反省した。

意識はしていないつもりでも、自分に向けられる『下心』に過敏《かびん》なのかも知れない。

彼は、自分に対する興味をまだ失ってはいないのだろう。そのことは忘れてはいけないけれど、必要以上に意識するのもよくない。

俺は、彼等から視線をモニターに移した。

須川のことが落ち着いたら、俺の頭はまた真樹夫ちゃんのことに引き戻された。

真樹夫ちゃんが俺の面倒を見ない、というのが本気だったら、俺達の間には距離が出来てしまうんだろうか？

いや、本気のはずがない。今までずっと側にいてくれたのだもの、今更離れてゆくなんて、考えられない。

今日は、中山達も手伝ってくれたし、定時前後には上がれるだろう。

帰りに『オーバーレイン』に寄ってみようか？　その時の態度で、朝の言葉が本気かどうかがわかるはずだから。

「浜名さん、じゃ、俺達これで」

「戻ったらまた手伝ってやるから」

そう言って須川と中山が出て行く時も、俺の頭の中身はただ一人の人のことだけだった。

「いってらっしゃい」

微かな不安も、真樹夫ちゃんに対してだけだった。

その日、不安を打ち消すために『オーバーレイン』に立ち寄った俺は、その不安を大きくさせてしまった。

店に入ってすぐに真樹夫ちゃんと目が合ったのに、彼は一瞬顔を強ばらせた。

何とも言えない、表情を全て失ってしまったような顔。

すぐに笑ってカウンターへ来るように促されたが、そんな顔をされたのは初めてだった。

食事をしている時も、彼はカウンターの向こう側から出てきてはくれなかった。

変わらないといえば変わらない。

けれど空気感がいつもと違う。

どこか余所余所《よそよそ》しくて…。

でも、それを指摘することはできなかった。

特に冷たくされたわけではない、かけた言葉を無視されたわけでもない。彼からかけられる言葉が少ないのも、他の客を優先させているというだけのこと。

それを酷いとは言えないだろう。

この状態になって、自分がいかに甘やかされていたかを痛感する。

自分は、好きだというだけで何もしてこなかった。

唯一の接触も、目覚まし時計の音で彼を呼びつけるだけだった。

でもその間、真樹夫ちゃんは俺に気を遣って、どこにいても声をかけて、優しく笑って、部屋を訪れればご飯を作ってくれたり、会社や身体のことを心配してくれた。

俺が大人になったから、離れてゆくのじゃないかも知れない。

いくら手をかけても一向に成長しない俺に愛想を尽かしたのかも。

そう思うと、彼にもう一度甘やかしてとは言えなかった。

もしそれに応えてもらっても、会社員になってまで、そんなことを言い出すくらい子供なのかと思われて、もう彼が自分を対等に扱ってくれることはなくなるだろう。

寂しくても、辛《つら》くても、今の自分の選ぶ道は一つしかなかった。

真樹夫ちゃんがいなくてもちゃんとやっていける。

俺の方が、真樹夫ちゃんのことを気遣ってあげられるくらいになる。

つまり、当たり前のことだけれど『大人になる』という道だけだった。

食事を終え、席を立つ時上田さんが声をかけてくれた。

「やっぱり店、閉めることにしたよ。暫く夕飯はここじゃなくて鳥谷のとこに直接寄るようにした方がいいぞ」

昨日までだったら、チャンスだと思っただろう。

けれど今日はそれを聞いても、俺は苦笑するだけだった。

「これを機会に自分でご飯作るようにしなくちゃ」

「随分大人な発言だな」

「大人だもの」

上田さんはその返事に『おやっ？』という顔をした。

「鳥谷とケンカした？　いつもなら『いいの、真樹夫ちゃんが作るから』って言うのに」

「ケンカなんかしないよ。真樹夫ちゃんに子供の世話は飽《あ》きたって言われないようにしようと思って。あんまりベタベタしてると嫌われちゃうでしょ？」

「鳥谷が？　まさか。それはないな」

「だといいけど、そうなる前に自分で頑張らないと」

「…ま、晴くんが自立したいっていうならいいと思うけど、あんまり冷たくしないでやってね。落ち込むと面倒だから」

上田さんのそのセリフに返す言葉はなかった。

そんなことあるわけないじゃないですか、俺の方ばっかり好きで、真樹夫ちゃんは俺のことなんか単なる甥っ子としか思ってないんだから。

それを口にすれば、自分の気持ちを知られてしまうかも知れないから、何も言えないのだ。

一人アパートに戻って、風呂《ふろ》に入って、ベッドに上がると、真樹夫ちゃんの部屋との境の壁にそっと手を触れた。

目覚ましの音さえ抜けてゆく壁一枚。

これが俺と彼とを隔《へだ》てている。

どうして…、俺はこの壁が越えられないのだろう。

大概のことには物怖《ものお》じしないタイプの人間なのに、こんなにも真樹夫ちゃんが好きなのに。男同士の恋愛だということに躊躇《ちゅうちょ》もなく、昔のことも忘れているのに。

彼の手が、自分を守ってくれる手か、襲ってくる手か、それを確かめないと何もできない。

…それだけなのだろうか？

俺が怖いものは何なんだろう。

彼に嫌われてしまうこと？

確かにそれは怖いけれど、あんなに側にいてくれた真樹夫ちゃんに嫌われることを考えてしまうのは不思議だった。

自分でも覚えていないくらい昔に、彼に嫌われるようなことをしてしまったのだろうか？

それとも、『忘れてしまった時間』が、そんなに怖いんだろうか？

どこかで、一度フタをしてしまった記憶は再び思い出すとその感覚が倍になると聞いたことがある。

怖いものはより怖く、悲しいものはより悲しく。

だから、自分を襲った真樹夫ちゃんが怖いんだろうか？　たとえ彼が反省して優しくなった後になっても…。

「まだ真樹夫ちゃんがそうだと決まったわけじゃないんだから、そんなこと考えちゃダメだ」

自分で自分の考えを否定し、俺はベッドの上にごろりと横になった。

まだ眠くなる時間ではないから、目は冴《さ》えていた。

あの時間を、俺は思い出すべきなのかも知れない。

たとえ何が待っていても。

でなければここから一歩も動くことができない。

「…って言ったって、そんなに簡単に思い出せれば苦労はないよな」

もう十年以上経っているのに、思い出せないのだ。今更自分の意思で思い出せるものか。あの時真樹夫ちゃんが『忘れろ』と言ったから、忘れてしまった。少なくとも、彼は忘れて欲しいのだ。

だとしたら思い出した方がいいのか、悪いのか…。

「わかなんいよ…」

どうにもならなくて、俺は枕元の本を引っ張り出して目を落とした。

逃げてるとわかってはいても、答えの出ない問題を考えるのが辛くて。

悪い答えに結び付きそうなことが怖くて…。


週末の報告会は、散々《さんざん》だった。

価格帯や種類別にデータを出し、ディスカッションも繰り広げられたのだが、企画の人間がそれを横取りしてしまったのだ。

「調査に感謝します」

の一言で、それを全部持って行ってしまった。

そりゃ商品の企画開発は企画部の仕事かも知れない。けれどいくら何でもそれはないだろう。

「俺達の苦労を何だと思ってるんだ」

とは企画の人間がいなくなってからの課長の一言だった。

だったら最初から『手伝って下さい』と頭を下げてくればよかったのに、まるで任せるような態度でやらせておいて、形になったところで全部持って行くなんて。

俺を含め男性社員は、それでもこれが仕事というもんだと無理やり納得しようとした。

けれど女性社員の怒りは収まることはなかった。

「うちは営業なのよ？　なのに企画の下働きみたいなことになって。ホント、ムカつくわ」

そんなわけで午前中の会議が終わり午後になると、課の空気は最悪だった。

「課長、文句言った方がいいですよ」

「言えれば俺だって言うさ」

「そこを言わなきゃ。少なくとも、営業部長にこれこれこうなりましたって、報告の形で伝えた方がいいですよ。でなきゃ、この二週間、私達が通常業務をおろそかにしたって評価されちゃいますよ」

「そうですよ。ヘタすれば査定《さてい》に響くかも知れませんよ」

「でなければ、企画の人間に正式にお礼を言わせるべきです」

俺も先輩達も怒ってはいた。

怒ってはいたのだが、女性陣に迫られる課長を見ていると、却《かえ》って彼女達を宥《なだ》める方へ回らざるを得なかった。

「まあまあ、課長だって知っててやったわけじゃないんだし」

課長より年上の山田《やまだ》さんが間に入ったが、ヤブヘビだった。

「知っててやったらそれこそ問題ですよ。それとも、山田さんはこのままでいいと思ってるんですか?」

「いや、私も納得はしてないが…」

「でしょう? だったらちゃんと筋《すじ》を通さないと」

おっかない女性は苦手だと言っていた須川はもとより、中山でさえもちょっと引いていた。触らぬ神に何とやらを決め込んでいたのだが、うちの神様達はそんなにおとなしくなかった。

「あなた達はどうなの、須川くん」

よりにもよって、御指名は須川だった。

「どうって言われても…。最後まで自分達ができるとは思ってなかったから仕方ないんじゃないの? 課長を責めるのはお門《かど》違いでしょう」

「責めてるわけじゃないでしょう。私達はちゃんと筋を通して欲しいって言ってるのよ」

「本当にそう思うんなら、自分達が行けばいいじゃないですか。怒ってるのはあなた達なんですから」

「課の意見を纏めるのが課長の仕事でしょう」

「少なくとも、俺は別に課長を矢面《やおもて》にしたいわけじゃないですから、課の意見じゃないですね。人を利用しないでください」

「何ですって」

一触即発《いっしょくそくはつ》だ。

「まあまあ、待ってください」

間に入っていいことなどないとわかっていても、入らないわけにはいかなかった。

「須川も、今のは言い過ぎだぞ。別に彼女達は利用してるわけじゃない。俺達だってムカついてはいるだろ」

「…それはそうだが」

「さっき財前《ざいぜん》さんが言ったみたいに、部長に報告をするのはいいと思いますよ。でもその前に自分達がどうしたいかをはっきりさせておいた方がいいんじゃないですか?」

「どうしたいって…?」

普段から目をかけている俺が間を取ったので、女性達は勢いを少し抑《おさ》えた。

「これこれこうだから、こうして欲しかったってことです。ただ文句を言うだけだと、企画とケンカすることにもなりかねませんし、そうなったらいいことなんてないでしょう?」

「それはそうだけど…」

「結局、俺達のしたことを認めて欲しい、今週と先週の、二週間分の削られた仕事の時間を考慮して欲しいってことですか？　それとも最後まで仕事に参加したいってことですか？　それを決めてからじゃないと」

「そうね…」

「俺としては、全員が仕事に参加するのは無理でも、こちらから何人か企画に出向《しゅっこう》して、なりゆきを見届ける形を提案したらいいんじゃないかと思うんです。だとすると、対立は避《さ》けた方がいいでしょう？」

「まあ、それなら…」

「だったら、何を言うにしても、一度みんなで話し合ってからの方がいいですよ。それに、企画の方から何か言ってくるかも知れませんし」

俺がそこまで言うと、課長が後を引き取った。

「わかった。じゃあ各自、週明けまでに要望を纏めてこい。俺も黙ってるつもりはないから、みんなの意見をまとめて上申《じょうしん》する。それでいいな？」

その一言で、ようやく決着がついた。

みんなブツブツ言いながらも、それぞれの席へ戻る。

須川も、それ以上誰かと言い争う様子もなく仕事に戻った。

昨日まで必死になってデータを纏めていたことを考えると、自分も不満はあった。プライベートのもやもやとした感じを仕事で発散させようと思っていたのに、仕事もこんな様子では…。

終業時間まで、オフィスは妙な静けさを保ち、甚《はなは》だ居心地《いごこち》が悪かった。

なので、定時が来ると、女性陣はさっさと帰宅の途《と》についてしまった。

出遅れた感じのある男性陣も残業をする者はおらず、ばらばらと引き上げていった。こうなってしまっては、残業する仕事もないのだけれど。

「浜名」

俺も早く帰ろうと支度《したく》をしていると、須川が近づいてきた。

さすがに彼も疲れた顔をしている。

「もう帰るんだろ？」

と言う声も沈んでいた。

須川も精力的に回ってたから、ショックだろう。

「うん。今日はもうすることもないしね」

「だよな。女性陣がヒスるのもわからないでもないよ」

「ケンカしたクセに」

「課長を槍玉《やりだま》に上げるからだよ。課長だって辛い立場だろうに。女は昇進《しょうしん》とか社内の立場が関係ないから好き勝手なこと言って」

「聞かれたら、またケンカになるから止せよ」

注意すると、彼は肩を竦めて言葉を引き取った。

「なあ、クサクサするから飲んで帰らないか？　今日は普通のビールオンリーにするから」

「そうだなあ」

この間のことを、彼も気にしているのだろう。ここで断ると、酒に何か混ぜたんじゃないかと質問してしまった手前、気まずいことになるだろう。

「…それなら、うちで飲まないか？」

ちょっと考えてから、俺はそう返事をした。

「浜名の家？」

「ビールとツマミ買って。ただし、泊まりはナシな」

「…いいよ。『浜名がそう言うなら』行くよ。終電前には帰るって約束で」

彼を部屋に呼ぶのは少し抵抗があった。

それでも自分から誘ったのは、知らない場所で酔いつぶれるよりは家の方がいいだろうと思ったからだ。

それに、隣には真樹夫ちゃんがいる。

真樹夫ちゃんが家で飲めばいいと言っていたんだから、きっとそれがいい選択《せんたく》なのだ。

「浜名の家ってどんなとこ？」

「アパートだよ」

「隣、美人？」

「叔父さんだよ」

「なんだ、おじさんか」

微妙な齟齬《そご》を感じたが、特に訂正《ていせい》はしなかった。別に引き合わせるわけではないのだから、説明など必要ない。

「浜名、ビールじゃなくてチューハイにしろよ、あれなら甘いし。でなけりゃ、発泡酒《はっぽうしゅ》とか」

「そうしようかな。須川は？」

「俺はビール。苦味が好きなんだ」

「大人ぶってるな」

ほら、彼はちゃんと気遣いをしてくれている。

この間のことは誤解だったのだ。

「中山も誘えばよかったな、あいつ、もう帰ったのかな？」

俺の言葉に、須川はフロアを振り向く。

「カバンがないから帰ったんだろう。まあ、先輩として後輩に愚痴《ぐち》は聞かせたくないから、丁度いいさ」

「それもそうか」

酒はそんなに好きな方ではなかったけれど、今日は飲みたかった。

飲んで、真樹夫ちゃんのことを忘れたかった。仕事の憂《う》さも晴らしたかった。

須川も同じ気持ちなのだろう。

その程度にしか考えていなかった。

ただそれだけしか、考えていなかった。


駅前のコンビニでツマミになりそうなものと缶のビールとチューハイを買って、真っすぐアパートへ向かった。

電車に乗っている時、『オーバーレイン』に連れて行けばよかったかな、と思ったけれど、仕事の愚痴を真樹夫ちゃんに聞かせたくなかったので止めた。

それに、双方《そうほう》片想いとはいえ、俺を好きなヤツと、俺が好きな人を一緒にするのは気が引けたので。

もしかしたら、須川は気づくかも知れない。

気づいて、何かアクションを起こすかも知れない。

その可能性が一パーセントでもあるなら、特に今は避けたかった。

アパートに着き、階段を上り、通路を行く。

一番奥の自分の部屋の手前、真樹夫ちゃんの部屋には明かりが点いていた。

部屋にいるのか、これから店へ行くのか。どっちにしても、今の俺には関係ないけど。

友達を連れて来たら、メールくれたらツマミぐらい作ってやると言ってくれた言葉も、今は迷惑になるのではと思うから連絡しなかった。

「どうぞ」

ドアを開け、須川を招き入れる。

「へえ、二間《ふたま》あるんだ」

リビングとベッドルームに使い分けてる部屋を見て、彼は羨ましそうに言った。

「古いからね。須川んとこは?」

「俺のとこはワンルーム。ここより新しいけど、やっぱりちょっと手狭だな。奥、ベッド?」

「そっちはダメ。片付けてないから」

片付けてないわけではないけれど、他人を寝室には入れたくなかった。

玄関を入ってすぐの、テレビと小さなテーブルが置いてある部屋で、買ってきた総菜《そうざい》を大皿に大雑把《おおざっぱ》に盛りつけ、二人だけの飲み会が始まる。

上着を脱ぎ、ネクタイを外して足を崩し、缶から直接飲みながらポツポツと話し出すのはやはり仕事のことだった。

「結局、課長は企画に文句は言えないと思うな。お局達を黙らせるためにああ言っただけだろ」

「そんなことないだろ。課長だって怒ってたじゃないか」

「浜名は純真だな。あれはパフォーマンスだって」

「そんなことないさ。この二週間が無駄になったら、課長だって困るだろ？」

「それもそうか。…でもあるデータ、どう生かすと思う？」

「新製品だろ？」

「だってあれは元々営業用に集めたデータだぞ？　開発とは全然別だろ」

「そうなのか？」

「開発ってのはこう…、コストとか、原材料とかに重点置くんじゃないか？　あれだと、今の売れ筋とか、売り方とかがメインだったんだから」

酒が入ってるからか、今回の一件が余程《よほど》腹に据《す》えかねているのか、須川はいつになく熱く語っていた。

彼は菓子が好きで入ったから、色々と詳しいのだろう。俺なんか、真樹夫ちゃんが飲食店をやってるから、少しでもかかわりがあるようにと食品関係の会社を選んだに過ぎないので、彼の話に相槌《あいづち》を打つぐらいしかできない。

「時代は半生《はんなま》だよ。みんなプチ贅沢《ぜいたく》がしたいのさ。高級店には手が届かないけど、安っぽいのは嫌。だから安くて高級『っぽい』のがいいんだな」

「それはわかる。俺でも『ベルギー産チョコレート使用』とか書いてあるとどんなもんだか買いたくなるもんな」

会話が進むと、酒も進む。

飲み過ぎないようにしようと気をつけてはいたのだが、ついつい量を過ごしてしまう。

「中山がさ、お前のこと憧れてるって言ってたぞ」

だから、口が滑ったのだ。

「あいつ、本当に可愛いよな。見かけよりずっと子供っぽい感じで。でも仕事はしっかりしてるんだから、ギャップがあるとこがまたいいよな」

以前、中山のことを話題にした時、彼がそれを快《こころよ》く思っていないと言っていたのを忘れて。

「中山のこと好き？」

問われても、その質問の意図に気づかなかった。

「須川も好きだろ？　可愛がってるじゃないか。俺達の初めての後輩なんだから大切にしないと」

弟のよう、というつもりだったのだ。

きっと須川も同意を示してくれるだろうと思っていた。

だが、彼はそれまで浮かべていた笑顔を消し、突然俺の手を取った。

「…須川？」

強い力。

明らかにそれまでと違う空気が彼の周囲に漂う。

「それ、煽《あお》ってる？　それとも中山に乗り替えろって言ってるつもり？」

そこまで言われて、俺はやっと自分の失態《しったい》に気づいた。

「そういう意味じゃない。ただ、本当に弟みたいで可愛いって…」

逃れようと手を捻るが、彼は離してくれなかった。

「俺、下心あるって言っておいたよな？　なのに部屋まで上げてくれたっていうのは、誘われたって思っていいのか？」

「須川！」

「…冗談だよ」

と言ったのに、手はまだ捕らえられたままだった。

「浜名には『誘う』なんてこと、できやしないもんな。でも俺は誘われる」

「止めろよ」

須川の声のトーンが低くなる。

「丁度いい。もう一度はっきりさせよう」

「…何を」

掴まれた左の手首を捻られ、その内側に唇を押し当てられる。

実際そこには腕時計がはまっているから、唇の感触は感じなかったのだが、目に入るその行為に、ざわりと肌が粟立《あわだ》った。

「須川！」

「俺はお前が好きなんだ、浜名。『お友達で』と言われて努力もしたが、やっぱりそれだけじゃ我慢できない」

グッと手を引かれる。

力を込めて抵抗《ていこう》したが、彼はもう一度腕を引っ張った。

「お前は無防備《むぼうび》過ぎる」

「止せっ！」

強い力。

「俺がどんな気持ちで笑ってたかわかってる？　好きな人の側で、対象外扱いされることがどんな気持ちだか、わかってる？」

わかってる、とは言えなかった。

そんなの、痛いほどわかってるけど、わかってると言ってしまえば須川以外の人間に恋をしてることを告白することになるから。

「お前がそれでいいって言ったんじゃないか」

「言ったね。でも最初の真実が最後まで真実とは限らないんだよ。あの時は、それでもいいと思ってた。けど、お前が無防備に俺の側にいて、中山を可愛がったり、俺を疑ったりしてるうちに、気持ちが変わったんだ」

「疑う…？」

「俺に、酒に何か入れたかって聞いただろ？」

「あれは学生時代に…」

「その通りだったから、腹が立った」

「…え？」

須川は穏《おだ》やかな微笑《びしょう》を浮かべていた。

けれどその目が笑っていなかった。

「俺が罠《わな》を仕掛けるって想像するのに、こうして二人っきりになる。足に触れただけで跳《と》び起きるくらい警戒してるのに、友達だって言うところが腹立たしいんだよ」

「足って…、タクシー…？」

「そう。あのまま寝てたら、俺の部屋に連れてくつもりだった」

「須川…！」

こういう『表情』を、俺は見たことがある。

笑ってるのに、優しそうなのに、目だけが表情と違う色を湛《たた》えている。

もっと暗くて、欲望をギラつかせたような、脅《おど》しをかけるような。

「泣きそうな顔するなよ。わかっててしてることだろう？」

どこで？

誰が？

何時俺はこの『表情』を見ていた?

「俺は浜名の友達にはなれない」

須川は断言した。

「俺は友達になりたいわけじゃない」

張り付いた笑顔のまま彼が近づいて来る。

「好きなんだ」

だからこれからすることを許せと言うように。

「好きなんだ」

彼は繰り返した。

「お前だって、俺のことが好きなんだろう? 男同士だから躊躇してるだけだろう?」

「…違う」

怖い。

「だから俺をここに呼んだんだよな? 二人きりになることも平気なんだよな?」

「違う。俺はお前を友達だと…」

怖くて、身体が強ばる。

「下心があってもいいって言ってくれたし、態度も変わらなかった。ただ触れられるのが怖いだけなんだろう?」

「止め…」

「だったら大丈夫」

須川は俺の言葉など聞いていなかった。

彼が口にしているのは、俺への言葉ではない。自分の行動を正当化するための、彼自身への言い訳でしかない。

「怖くなんかない」

『怖くないよ』

声が…。

「大丈夫」

『大丈夫』

脳裏《のうり》に響く。

鼓膜《こまく》からではなく、頭の中にもう一つの声が。

「優しくするから」

『優しくしてあげるから』

須川の手が俺を引き寄せる。

強ばった身体が組み敷《し》かれ、手が俺に触れる。硬直《こうちょく》した身体は抵抗を阻《はば》むから、彼の手が俺のシャツをズボンから引っ張り出し、裾から中へ入り込む。

肌に直接触れる指。

冷たい感触。

男の手。

「浜名」

その顔が覗き込む。

「い…」

その顔が…。

「いや…」

その『顔』が、もう一つの顔と重なる。

「い…やぁ…っ！」

「浜名」

悲鳴を上げた俺に須川は狼狽《ろうばい》した。

何とかその声を止めようと、手が俺の口を覆《おお》う。

「静かにしろ」

『静かにしろ』

ステレオで響く声。

あの時の声。

「浜名」
口を塞がれ、息が止まる。
苦しい。
苦しい。
あの時も、そうだった。
あの時、あの祭りの夜。俺の口を塞いだ大きな手。
声を出すなと、怖くはないからおとなしくしろと言った男の手。
何かのフタが開いたように、ドッと過去の記憶が溢れ出す。
あの夜、俺は真樹夫ちゃんに手を引かれて夜店が並ぶ参道を歩いていた。
俺を見下ろす真樹夫ちゃんの顔。
偶然《ぐうぜん》会った彼の友人。
話し込む真樹夫ちゃんの背中。
夜店の影から現れた、見知らぬ男の優しい笑顔。
目だけが笑っていなかったその顔。
あれは…、『知らない男』だった。
「晴！」
激しい音と共に玄関の扉が開き、真樹夫ちゃんが飛び込んで来る。

いつも優しい彼の顔が、状況を把握《はあく》した瞬間に凄まじい形相に変わる。

「何をしてる…っ！」

あの時のように。

怖かった。

優しい真樹夫ちゃんがこんな顔をするくらい、自分は『悪いこと』をしてしまったのだと思った。彼はそれを怒っているのだと。

「違う…これは…」

「退《ど》けっ！」

嫌われる。

これは『してはいけないこと』だったのだ。彼をこんなに怒らせるようなことだったのだ。

そう思った。

同時に、動くこともできないような恐怖から救い出してくれるただ一人の人が彼であることも理解した。

他の誰でもない。

真樹夫ちゃんだけが、俺を助けてくれる人なのだと。

「貴様《きさま》…っ！」

俺の上にのしかかっていた須川を引き剥《は》がし、彼がその顔を殴《なぐ》る。

真樹夫ちゃんが人を殴るのを見たのは、あれが初めてだった。

恐怖と安堵《あんど》、不安と解放。

現在と過去が混濁《こんだく》する。

「出て行け！」

顔を腫《は》らした須川が、ずるずると引き立てられ、部屋から放り出される。

脱いでいた彼の上着と靴が、玄関から外に向かって投げ付けられる。

その間俺は声を上げることも動くこともできなかった。

蘇《よみがえ》った記憶に翻弄《ほんろう》されて、意識を保っているのがやっとだった…。


夜店を眺《なが》めながら歩いている俺達に、見知らぬ男達が声をかけてきたのが始まりだった。

相手は真樹夫ちゃんの友人で、こんなところで会うなんてと笑い合っていた。

俺は、彼の傍《かたわ》らで談笑《だんしょう》が終わるのを待っていたが、真樹夫ちゃんは友人との会話に夢中で、俺を振り向いてくれなかった。

退屈《たいくつ》だった。

自分に注意を向けたいと思った。

だから、自分から離れたのだ、彼から。

それでも遠くまで行く勇気はなくて、まだ真樹夫ちゃんの背中の見える場所で、夜店を覗き見ているだけだった。

その時、別の見知らぬ男が俺に声をかけたのだ。

男は、優しそうな笑顔でそう言うと、俺にジュースを買い与えてくれた。

「お兄ちゃんのお話が終わるまで、おじさんと遊んでいようか？」

「退屈そうだね」

心配させたかった。

放っておいてごめん、と言わせたかった。

まだ人を疑うことを知らず、浅はかで、自己中心的な子供。俺はそのおじさんが、自分の知っている大人達と同じように、自分にとって優しい大人なのだと信じて疑わなかった。

そしてついて行った能楽堂。

階段に座った男は、俺を膝の上へ抱き上げた。

可愛い、可愛いと繰り返し、ベタベタと触り、その手が、浴衣の裾を割った。

同性愛者の存在は知っていた。子供を襲う人間がいることも、学校で注意を受けていた。肌を撫でられ、性器に触れられることが何を意味するかも知っていたけれど、男である自分がそんなふうに触られることは想像していなかった。

恐怖と嫌悪と快感。

悲鳴を押さえ込む大人の男の力に、抵抗もできなかった。

その時、彼が走ってきたのだ。

俺がいなくなったことに気づいた真樹夫ちゃんが、俺の名を呼び、今と同じように状況を理解した瞬間、鬼のような形相で男を殴り飛ばした。

人が人を殴るのを俺は生まれて初めて見た。

テレビやマンガなんかとは違う。もっと生々しい恐怖。

助かったという安堵と共に、あの優しい真樹夫ちゃんをこんなにも怒らせたのは、彼の気を引きたいという自分の浅ましい願望と、『してはいけないこと』を、たとえ他人からされたことにせよしてしまったことへの罪悪感。

「晴」

男を殴り倒した後、真樹夫ちゃんは泣きそうな顔で俺を抱き締めた。

「ごめん…。俺が目を離したりしなければ…」

いや、実際あの時は泣いていた。

その涙を見て、俺は益々《ますます》罪悪感を募《つの》らせた。

自分が悪い。

俺が、彼を怒らせ、他人を殴るという暴力行為を行わせ、更に泣かせてしまったのだ。

「晴」

謝ることもできなかった。

泣くこともできなかった。だって、悪いのは俺なのだから、泣く権利などない。

動けない人形のように脱力《だつりょく》した俺をおぶって、彼は人目につかないよう暗がりを選んで家まで連れて帰ってくれた。

「大丈夫か？」

ベッドに座らされた俺の前にいた真樹夫ちゃん。

あの時俺は心の中でずっと彼に謝っていた。

ごめんなさい、ごめんなさい。俺が勝手なことをしたから、真樹夫ちゃんを怒らせた、傷つけた。俺がバカだった。

「着替えような？」

優しく触れた彼の手は、男の手とは違っていた。

俺を守るために戦った彼の拳は、赤く腫れていた。それがまた、申し訳なかった。

「ごめんな…」

あの謝罪は、俺を襲ったことへの謝罪ではなかったのだ。

自分が目を離した隙に、こんな目に遭わせてしまってすまないという意味だったのだ。

「もう二度としないから大丈夫だ」

というのは、もう目を離さないという意味だった。

事実、その後から今に至《いた》るまでずっと、彼は俺の世話を焼いてくれていた。

「もう忘れろ」

辛いことは忘れてしまえ。

「…忘れてくれ」

自分の失態が起こした惨劇《さんげき》だと思っていたから、彼は罪悪感からもそう言ったのだ。

実際は、俺が招いたことだったのに。

真樹夫ちゃんが、好きだった。

優しい叔父さん、甘やかしてくれるお兄さんとして好きだった。

けれどあの夜、自分を助けるために飛んで来た彼が、俺を守るために拳をふるい、守り切れなかったことを悔やんで涙する彼は、優しいだけの大人ではなくなった。

どうして彼が好きなのか、ずっとはっきりとしなかった自分の気持ち。

それは出してはいけない答えだったからだ。

あんなにも彼を苦しませてしまった自分が、助けにきてくれた彼を、俺のために怒る彼を、俺のために涙する彼を好きだなんて。

『忘れてくれ』と懇願《こんがん》されて、俺は忘れることを選んだ。

それでも、たった一つだけは忘れることができなかった。

俺を守りに来た彼を。

俺のために涙した彼を。

愛《いと》しいと思ってしまったその気持ちを。


「晴！」

ぼーっとしたまま動かない俺を、真樹夫ちゃんは心配そうに覗き込んでいた。

「大丈夫か？　しっかりしろ」

泣きそうな顔だ。

襲われたのは俺なのに。

「…須川は？」

「すがわ？」

「今のヤツ…」

「安心しろ、もう叩き出した。…知り合いだったのか？」

自業自得《じごうじとく》なんだけど、少しだけ可哀想だなと思った。本気で俺が好きだったのに、俺がふらふらしていたことが彼を凶行《きょうこう》に走らせたのかと思うと。

「会社の同僚なんだ。俺のことが好きなんだって」

「好きなら何でも許せるわけじゃない」

「…だね」

芒洋《ぼうよう》としている俺に、彼は長い安堵のタメ息をついた。

「何を呑気《のんき》に…」

それと同時に俺の身体を支えていた手が離れる。その手を中空で捕らえて、俺はズボンの上から自分の股間《こかん》に触れさせた。

「何してんだ…！」

怒声と共に慌てて引っ込められる手。

「確認」

「確認？　…触られたのか？」

緩んだ彼の顔が再び引き締まる。

「今はシャツ捲られて腹を撫でられたぐらい」

「『今は』って…」

「あの時は、触られちゃったな…。凄く気持ち悪かった」

真樹夫ちゃんの顔が、見る見る強ばってゆく。

「でもよく覚えてなくて、あの手が誰なのかずっと考えてた」

「…晴」

その困惑《こんわく》した顔を見つめて、俺は言いたくて言えなかった一言をやっと口にした。

「俺、真樹夫ちゃんが好き」

今なら言える。

なんで真樹夫ちゃんが好きなのかを自覚し、自分を恐怖させた手が彼ではない確証を得た今ならば。

「ずっと、ずっと、子供の頃から好きだった。叔父さんだからじゃなくて、『鳥谷真樹夫』さんが好き」

「晴」

「俺、あの時のことを殆ど覚えてなかったんだ。でも『誰か』に襲われたことは覚えてた。その『誰か』が真樹夫ちゃんだったらどうしようって思って、好きって言えなかった」

引っ込められた彼の手を、もう一度そっと握る。

今度は、その手は逃げることはなかった。

「でももう全部思い出した」

「…そんなことは思い出さなくてもいい」

苦しげな声。

「ダメだよ。思い出さないと。『助けてくれてありがとう』って言えないじゃん」

「ありがとうなんて…、俺が目を離したから…」

「違うよ。俺が自分で離れて行ったんだ。真樹夫ちゃんが友達と話してて、俺を振り向いてくれなかったから。俺がいなくなったら心配してくれるかなって思って。…あんなことされるとは思ってなかったけど。だから『ごめんなさい』とも言わなくちゃ。俺が、真樹夫ちゃんを傷つけたんだね。だから俺の側にいてくれたんでしょう?」

それは、寂しくても認めなくてはならないことだった。

俺のことが好きで甘やかしてくれてるんだと、恋ではなくても好きでいてくれるんだと思い上がっていた気持ちは捨てなければ。

「でもそれはもう終わりにしていいよ。俺は平気。思い出しても怖くない」

だって、真樹夫ちゃんが助けに来てくれたことを思い出したから。

悪夢の終わりは救いだったから。

「全部リセットして、今の俺を見て欲しい。俺はもう子供じゃないし、何があったかもわかってる。その上で、真樹夫ちゃんが好き。この手に、触れてもらいたい。ああいうことをされるなら、『誰か』に無理やりじゃなくて、自分が一番好きな人に好きだからされたい」

彼を握っていた手に力を込める。

真剣な気持ちが伝わるように。

目も逸らしたりしなかった。

「言葉の意味も行為の意味もわかってて言います。俺は真樹夫ちゃんが好き。恋人になりたい。真樹夫ちゃんに『されたい』。どうか、返事を下さい」

　今言わなかったら、もう言えない。

　だからちゃんと伝える。

「もし俺のことをそういう目で見られないなら諦《あきら》める。可哀想な子供だとか、罪の意識とか、そういうのならいらない。そんな存在なら、俺は真樹夫ちゃんを幸せにはできない。それなら俺はここから出て行く」

「晴」

「いつになるかわかんないけど、真樹夫ちゃんを忘れて他の人と恋をする努力もする。一人でも生きていけるように頑張る。…でももしも俺を好きになってくれる可能性があるなら…」

　まだ真樹夫ちゃんは困惑したままだった。だから、本当の本音《ほんね》をぶつけた。

「今すぐ『俺の覚えている怖くて気持ち悪い感覚』を、『大切な時間』に変えて」

　勝算《しょうさん》なんて、これっぽっちもなかった。

　悪く言えば、今なら付け込む隙があるかも知れないと考えたくらいだ。

　俺は本当に彼が好きで、真樹夫ちゃんにならどうされてもいいと思っていた。

　でも、彼の好きが、俺をどうこうしたいものかどうかはわからない。今自分が言ったように、罪滅《つみほろ》ぼしのために愛を注いでいただけかも知れない。

だったら、捨て身で求めればその愛を違うものに変えてもらえるかも知れない。

今すぐじゃなくてもいいんだ。

今まで待ったんだから。

『いつか』の可能性だけでもいいんだ。

でも…。

「…まったく」

真樹夫ちゃんは目を閉じて天を仰《あお》いだ。

「俺が罪悪感からお前を大切にしていたと思ってるなら、それは間違いだ」

指が、絡《から》まるようにして俺の手を握る。

「罪の意識は確かにある。俺があの時お前の手を離さなかったら、あんなことにはならなかったと、何度思ったか。だが晴の側にいたのは…、もう誰もお前に触れさせたくなかったからだ」

その手は、熱かった。

「誰にも触れさせないよ。俺が触れて欲しいのは真樹夫ちゃんだけだもの」

「この状況でそんなことを言うってのが、どういう意味だかわかってるのか？」

「わかってる」

俺は自分から彼に顔を寄せてチョン、と唇を合わせた。

顔が当たる程度の軽いものだが、自分としては最大の勇気を振り絞った誘惑《ゆうわく》だった。

「男同士がどうやってセックスするかだって、ちゃんと知ってる。その上で言ってる。何度だって言える、真樹夫ちゃんが好き」

睨むように見つめる俺の視線の先で、彼は唇を歪めた。

「…据《す》え膳《ぜん》だ」

そして握っていた手を離し、俺の肩を掴むと、引き寄せて唇を奪った。

「…ん」

たった今俺がした、触れるだけのキスではない。

咬《か》みつくような激しいキス。

柔らかくてタバコの匂いのする唇、顎に当たる不精髭。

温かく湿った舌が俺の唇をこじ開けて、中に侵入してくる。

口の中をかき回され、粘膜《ねんまく》を、歯列《しれつ》を舐《な》められ、首の後ろがゾクゾクする。

この感触…。

なす術《すべ》なく、されるがままだったキスが離れると、俺は潤《うる》んだ目で彼を見た。

「キス…、初めてじゃない…」

「そりゃその歳になれば…」

「違う、真樹夫ちゃんが俺にキスするの、初めてじゃないんじゃないの？」

問い詰めると、彼は苦笑した。けれど嫌な笑いじゃない、照れたような、バツが悪いというような、色気のある笑みだ。

「ああ」

「俺が…酔って帰ってきた時？」

「起きてたのか？」

「半分。でも夢だと思ってた」

「…お前の無防備な寝顔を見てたら、我慢できなくなった。我ながら寝込みを襲うなんて最低だと思ったが、もう我慢できないことも自覚した。ずっと、お前は子供だと言い聞かせてたのに、あの時はもうそれができなかった」

「…だから、俺を子供扱いできなくなったって言ったの？」

「そうだ」

「何時から？　何時から俺を好きだったの…？」

キスのせいで力が入らない手でシャツにしがみつき、問いかける。

「中学…ぐらいかな…？　お前が襲われた姿は、忘れられなかった。その時は可哀想だとしか思えなかった。だがお前が中学ぐらいの時に…、俺の中にもそういう欲望があることを自覚したんだ」

「言ってよ！」

「言えるか！　そんなこと…」

夢じゃなかった。

キスは現実だった。

本当に、俺達は相思相愛だったんだ。

「俺…、ずっと…好きで、でも言えなくて…。甥っ子としか思ってもらってないかと思って…」

安心した瞬間、ぶわっと涙が溢れてきた。

ここで泣いたら子供扱いされるってわかってるのに、止められなかった。

嫌だから泣くんじゃない、嬉しくて涙が出てるだけなのだと示すために、せめて彼の胸に抱き着いた。

「好き」

タバコの匂い。

これは俺の叔父さんの匂いじゃない。これからは俺の恋人の匂いになるのだ。

「後悔、するなよ?」

「しない」

「嫌なら絶対言うんだぞ?」

「嫌なんて思わない」

指の長い大きな手が、俺の顎を取る。

見下ろす彼の目が切なく微笑む。

「…ばかなヤツだ」

そしてもう一度、唇は俺の唇を奪った。

今度は優しく。

愛おしく…。


真樹夫ちゃんの手は、変わらなかった。

ずっと怖かった。

もし彼が触れてくれた時、『あの時』と同じ手を感じてしまったらどうしよう。

それに反応して、自分が悲鳴を上げて逃げ出してしまったらどうしよう、と。

彼と、一度も接触がなかったわけではない。

頭を撫でられたり、腕を掴まれたり、手を握ったりはしていた。

けれどそれは『甥っ子』を愛でる手であって、『恋愛対象』を求める手ではない。その時になったら、彼の手すら変わってしまうんじゃないかと。

でも、俺の頬に触れる手は、いつもと同じだった。

優しくて、大切なものを撫でさするようにソフトで、丁寧《ていねい》だった。

何度かのキスをした後、それでも俺が逃げ出したり嫌がったりしないのを確認すると、彼は身体を離した。

「どこへ…！」

慌てる俺に、彼が笑う。

「玄関のカギを閉めてくるだけだ。さっきのヤツが戻ってこないようにな」

心臓《しんぞう》はバクバクと鳴っていた。

これからされることを、知ってはいるけれど経験はしたことがなかったので。

戻ってきた真樹夫ちゃんは、手を取って立たせると、奥のベッドルームへ俺を誘った。

狭いシングルベッド。

男二人で眠るにはやわすぎるそこへ、俺だけを座らせる。

「壁一枚向こうで、俺は毎晩お前のことを考えていた」

俺の前に跪《ひざまず》くように座った真樹夫ちゃんが、須川に引き出されたままだったシャツの裾から手を入れる。

中指の先が肌に触れ、這い上るように上を目指しながら手のひらが置かれる。

「こうして触れることも、何度も考えた」

壁一枚向こうに好きな人がいる。それは俺も考えていた、それが喜びだと思ってもいた。

でもこうして触れられることまでは想像できなかった。

「だがその度《たび》に、涙で顔をぐちゃぐちゃにして呆然《ぼうぜん》とした小さなお前の顔が浮かんで、なんて最低なことを考えるんだと反省していた」

想像も妄想もなく、いきなり訪れる現実。

どんな顔をしたらいいのかわからなくて、手の置きどころすらわからない。

俺は真樹夫ちゃんに触れていいの？　それともそれはしたないことなの？

「だがお前はそれを許すんだな？」

「俺は…、もう小さくないよ。泣いてもいない」

答えると、彼は俺を見上げてクスリと笑った。

「だな」

その笑顔だけが、いつもと違う。

「本当に嫌になったら言えよ。俺はお前を泣かせたくない」

まだボタンが止まったままのシャツの中で、彼の手が俺の肌の上を這い回る。

二度、他人が触れた肌。

そのどちらも暴力的で、一方的だった。

でも今触れてくれる指は、優し過ぎてもどかしいほど。

「泣くかも知れないけど…、それは嫌だからじゃないから。怖いと言っても、それは嫌だからじゃなくて、初めてだからって意味だから…」

「初めて?」

「あ、いや、えっと…、三度目だけど、子供の頃のとさっきのはカウントしたくないんだ」

俺を撫で回していた手がピタリと止まる。

「何?」

「お前…、女の子としたことないのか?」

「…それはこの歳でおかしいと思うけど、ああいうことがあったから抵抗があって…。それに、初めては真樹夫ちゃんがいいってずっと思ってたから」

羞恥に顔を赤らめると、彼は困った顔をした。

「…初めてはいや? 面倒?」

友人達が『処女は面倒臭い』と言ってたことを思い出してちょっと不安になる。嘘ついた方がよかっただろうか? それともせめて『男の人とは』って言った方がよかった?

あ、でも男の人とは暴漢《ぼうかん》と須川がいるから実質三人目になっちゃうんだけど。

「面倒なんて思うもんか。嬉しくて困ってるだけだ」

真樹夫ちゃんは俺に触れていない方の手で顎の辺りを押さえた。にやける顔を隠そうとするみたいに。

「真樹夫ちゃん、オッサン臭い…」

「オッサンだよ。だから、お前みたいにこれが初めてとは言ってやれないが、経験値分ぐらいはよくしてやる」

身体に触れてた手が俺を押し倒す。

座ったままだったので、膝から下をベッドから垂らしたまま、仰向《あおむ》けになる。

倒されたのがベッドに垂直《すいちょく》方向だったから、頭は壁ギリギリだった。

覗き込んでくる彼の顔。

そっとキスして、にやっと笑う。

肩まである柔らかそうな彼の髪はゴムで後ろに縛ってあったから、表情がよく見えて、自分に触れてるのが彼なんだとわかって、安心できた。

この手は、俺を守ってくれた手。

この指は、俺を愛してくれる手。

見つめてる視線が、俺を求めている瞳《ひとみ》。

それだけで嬉しかった。

「あ…」

ワイシャツはボタンを外されないまま、たくしあげられ、胸が露《あらわ》になる。

キスから外れた唇は、胸に移り、そこに触れた。

柔らかい唇と、少しチクチクする髭。

次の時は絶対剃《そ》ってもらわなくちゃ。

「ひゃ…っ」

舌が胸を濡らす。

手が脇腹《わきばら》を撫でる。

ゾクゾクとした快感が、皮膚《ひふ》の表層を痺れさせる。

気持ちよかった。

これは『気持ちいい』と思っていい感覚だった。

愛されてされてることだもの、して欲しいと思ってしてもらってることだもの、後ろめたさなんて感じる必要がない。

「あ…」

前髪だけが俯《うつむ》いた彼の額《ひたい》から零《こぼ》れてくすぐったい。

視線を向けても、首元に溜《た》まったシャツが邪魔《じゃま》して、頭は見えたけど顔はわからなかった。

手は全身を撫でて俺の形を把握するとズボンの上からソコに触れた。

反射的にピクリと硬直する身体。

でも逃げるわけではないとわかると、ゆっくりとファスナーが下ろされた。

「あ…ぁ…」

ボタンも外して、前が楽になる。

触られて硬くなっていた場所は、恥ずかしいくらい布を持ち上げる。

「怖いか？」

まだ下着を残したまま、真樹夫ちゃんが訊いた。

「気持ちよ過ぎて…怖いよ…」

強がる言葉に、返事はなかった。

その代わり、手が最後の布を引き下ろし、俺を露にする。

「ん…」

舐められるのは、初めての感覚だった。

熱くて、ねっとりと湿っていて、包み込まれる感覚。

それだけで、イッてしまいそうだった。

俺が誰とも何もできない間に、真樹夫ちゃんは他の人とこういうことをしていたのだろうか？

それを思うと嫉妬しないでもなかったが、今はその余裕もなかった。

「あ…ん…っ」

鼻にかかる甘い声。

意識して出しているわけではないのに、段々と声が高くなる。

声を出すと、何かが解放されるみたいで、身体の内側から焦《じ》れるような感覚が上がってくる。

堪《たま》らなくなって彼に向かって伸ばす手が、ウエーブのかかった髪に触れる。

引っ張らないようにと思いつつも、舌が先を弄《いじ》ると指に力がこもり、結んでいた髪を解《ほど》いてしまった。

指先に髪が絡まる。

彼の舌が俺を巻き取る。

気持ちいいとか、そこがいいとか、恥ずかしくて言えないけれど、その反応は指先から如実《にょじつ》に彼に伝わってしまっていた。

「は…。や…、も…」

「いやか?」

「違…」

「出るか?」

「訊くなよ…っ」

「訊かないとわかんないだろ」

「そこで喋《しゃべ》んないで…」

声が振動させる空気だけでも、感じてしまうほど敏感《びんかん》になっていた。

「ティ…、ティッシュ…」

身体を起こして枕元のティッシュを取ろうとしたのに、彼は俺の腹を押して仰向けに押し戻すと、再びソコを口に含んだ。

「あぁ…っ!」

今度は、抑えられないほどの声が上がる。

「や…っ、ダメ…っ」

股の間の奥の方が疼いて、漏れてしまうのがわかった。

我慢しても、我慢できない。

「やだ…っ」

髪を掴んで離そうとしたのに、舌は俺を離さず、吸い上げられるから、我慢と解放の狭間《はざま》で葛《かっ》藤《とう》する身体が痙攣《けいれん》する。

ベッドから下ろしていた足を引き上げ、身体を丸めようとしたのに、そこに彼がいるから上手くできなかった。

身体が開いたままだと、力が入らなくて抵抗できない。

それをわかっているかのように、指が俺をこじ開けて入ってくる。

「ん…っ、ふ…っ」

ぶるっ、と全身が震えて入れられたばかりの彼の指を締めつけながら熱が溢れる。

「あ…、あぁ…っ！」

彼の顔を引き剥がすために伸ばした手は、最後には彼を抱えるように力を込めていた。

「ん…」

脱力して緩む筋肉。

「あ」

ほうっ、と息をついた瞬間に、身体に残っていた指が深く差し込まれた。

「真樹夫ちゃん…っ！」

「ごめんな、もう『いや』と言われても止まんねぇわ」

彼の手は、いつの間にか俺のズボンも下着も剥ぎ取っていた。

刺激《しげき》だけに集中していた俺は、それに気づかなかった。

剥き出しになった太腿に触れる彼の髪でそれを知った。

でももう遅くて、たった今全てを吐《は》き出して萎《な》えたばかりの場所に再び彼の舌が蠢く。

「や…っ」

一度イッたからか、ソコは前よりずっと敏感になっていた。

特に先端は顕著《けんちょ》で、舌が鈴口《すずぐち》の割れ目を舐めると、一気に勢いを取り戻してしまった。

「や…」

「足、両方ベッドの上にあげろ。膝を立てるように」

「だってそんなことしたら…、見えちゃう…」

「お前の身体で見たことがない場所なんかないよ。生まれた時から知ってるんだ」

「赤ちゃんと一緒にしないでよ」

「してないさ。だからもう一度大人のお前を見せてくれよ」

伸び上がるようにして、彼が視界に戻ってくる。

「でも…」

その顔は、俺の知ってる真樹夫ちゃんじゃなかった。

怖いわけではないけれど、大人の男の顔。

俺を求める、哮《たけ》るような凄みのある笑み。

その表情を見ただけで、また身体が反応する。

「大丈夫」

立てた膝の間に彼が身体を滑り込ませ、こじ開ける。

「や…、恥ずかしい…」

たった今イッたばかりなのにまた大きくなったモノが彼の目に晒《さら》される。

「晴」

指が、中を広げ、俺を煽る。

「あ…やだ…っ」

目の前にある彼の視線は、俺の下腹部を見下ろし、舌なめずりを見せた。

もう、彼は俺を甥っ子だなんて思っていない。子供扱いもしていない、その証《あかし》の表情だった。

中がかき回され、声が上がる。

「やだ…、これ…」

感じたことのない快感。

自慰では得られないような感覚。

「そんな…、もう…」

全身が痺れる。

泣きたいほどの焦燥感《しょうそうかん》。

真樹夫ちゃんは、俺が声を上げられなくなるほど、そこだけを弄って俺を蕩《とろ》けさせた。

浅い呼吸を繰り返しながら、一番大事な場所には触れてもらってないから、イキたくてもイけないもどかしさに頭がくらくらする。

「大切にする。もう二度と他のヤツには触らせない」

指が引き抜かれ、彼が俺の膝にキスをした。

「遠慮もしない。くったくなく甘えてくるお前に、俺はもうずっとメロメロだ」

その膝を捕らえて大きく開き、彼が身体を進める。

指を咥えていた場所に当たるモノ。

「だから、受け入れろ」

それが『彼』だった。

「あ…。……っ！」

声にならない悲鳴。

恐怖ではなく、痛みと充足感《じゅうそくかん》が肺から空気を押し出す。

隣は真樹夫ちゃんの部屋で、声を上げても聞かれる心配はないのに、大きく開け過ぎた口からは音が出なかった。

彼の腕が俺を抱く。

俺の手が彼にしがみつく。

世界を揺らすような、目眩がする。

「…晴」

手は、俺の全てに触れた。

胸も、首も、腹も、顔も、下腹部も。

やっぱり愛だよ。

だって全然怖くない。

その手が、俺を煽り、愛撫《あいぶ》し、強く掴んでも、嫌悪も恐怖もない。

「まき…」

これは俺を襲った手じゃない。

ずっと守ってくれた手でもない。

「す…」

これは俺を求める手だから。

ずっと欲しかった手だから。

その指の爪《つめ》の先まで、愛しくて堪らない手だったから…。

「好き…」


目が覚めたら、全部夢でしたってことになりはしないかと、目を開けるのが怖かった。

でも、タバコの匂いがしたから、真樹夫ちゃんが側にいるのがわかって、目を開けた。

全身に感じる疲労感と痛み。

ベッドに横たわる俺のすぐ横で、彼はタバコを吸っていた。

身じろぐ気配にこちらを向いてくれたから、目が合う。

「…お互い、秘密持ちになったな」

と笑ってくれたから、安心した。

うん。

秘密でいい。

これが二人だけの秘密なら、絶対に誰にも言わない。家族にも、友人にも、誰にも認められなくていい。

そこに『俺の』真樹夫ちゃんがいればそれでいい。

声も出せないほど疲れていたので、俺は手を差し出して彼の手を求めた。

指の長い、骨張った手をぎゅっと握り締めて安心する。

それが、キスより嬉しかった。

「寝ろ」

と言われるまでもなく、安堵から再び眠りに落ちる。

それはとても幸福な眠りだった。

たとえ、繋いだ手を離してしまっても、もう心は離れないと確信できたから。


「一緒に住めばいいんだよ」

月曜日に会社へ行って、俺は須川に二つ謝罪をした。

「理由ならいくらでも考えてやるから」

一つは俺の叔父さんがお前を殴ってすまなかったということ。

でもそれは須川のしたことを考えれば文句を言われることではないので、彼の『実の叔父さんだったのか』という驚きで終わった。

もう一つは、もう二度と俺に下心を抱かないで欲しいということ。

須川は好きだけど、やっぱり友達以上には思えない。中途半端な付き合いをしようと言い出した俺が、全面的に悪かった。

もしそれでは付き合えないというのなら、友達でもいられないとまでキッパリと言った。

それが彼を傷つけないように、自分が子供の頃に襲われたことがあるのだという事実も、彼にだけは教えてやった。

だから無理、と思わせるために。

「うるせぇな、お前は店のパンフ見てろよ」

須川はがっくりした顔を見せたが、反省もしていたのだろう。何も言わず、友達ではいようと言ってくれた。

その彼に、コーヒーをいそいそと運ぶ中山を見ていると、須川が俺の前で笑顔を見せてくれる日はそう遠くないのかも、とか考えてしまう。

自分勝手な想像かも知れないけれど。

「見てるって。候補《こうほ》も絞ったよ。でも、どっちにしてもこのアパートから通うには遠いだろ？　だからお前は引っ越さなくちゃならない。そんなワケで、お前が引っ越すから、お目付け役として晴くんを連れてゆく。店の新規《しんき》開店の資金が足りないから、別々に住むくらいなら家賃を折半しようってことになった。それでいいだろ？」

須川のことはそれで終わったけれど、俺も知らないもう一つの問題があった。

それは、『オーバーレイン』のことだ。

配管の修繕《しゅうぜん》を始めたら、老朽化《ろうきゅうか》したビルにはあちこちメンテナンスが必要で、改築《かいちく》に近い補修《ほしゅう》工事になるという話になり、いっそのこと移転を…、ということになっていたらしい。

なので、今、俺の目の前では上田さんと真樹夫ちゃんが不動産屋さんからもらってきた物件チラシを検討《けんとう》中なのだ。

「そりゃそうだが…」

「俺が頭下げてやるって。お前は男だから姉さんに金の迷惑はかけられない。でも晴くんは男だから多少は手を貸してもらいたい。それでいいだろ？」

上田さんは、真樹夫ちゃんが俺を好きなことを知っていた。

もうずっと前から。

言われてみると、今までの言動でもそれっぽいことがあったような気もする。

それで、さっきから俺と真樹夫ちゃんの恋にエールを贈るような提案を口にしていた。

「そんなに悩むなら、本人に訊いてみろよ」

その理由は三つ。

大切な共同経営者である友人の恋だから応援《おうえん》したい。

あの祭りの夜、真樹夫ちゃんを呼び止めて話し込んでいた友人が、他ならぬ彼だったから。彼も俺の事件を知っていて、真樹夫ちゃんの相談にも乗っていたし、その恋の相談も受けていたらしい。

　以前言っていた真樹夫ちゃんと共有する秘密の一つはそれだ。

　で、もう一つは、彼の恋人というのも、男性だから同志を応援したいんだそうだ。

「なあ、晴くん。晴くんはどう思う？」

　真樹夫ちゃんの部屋。

　二人のやりとりを自分で淹れたコーヒーをすりながら傍観《ぼうかん》していた俺は、問いかけられて即答した。

「一緒に住みたい！　上田さんのアイデア採用《さいよう》」

「ほらみろ、本人が望んでるんだからそうしろって。それとも、一緒に生活するとセーブがきかなくなるとか？」

「…うるせぇな」

　面倒そうに真樹夫ちゃんが顔を歪めるから、俺はそれが嬉しいことも口にした。

「土日なら何されてもいいよ」

「晴！」

　睨みつける真樹夫ちゃんの前で、上田さんが腹を抱えて笑う。

　でも恋人なら当然のことでしょう？　そんなにおかしいこと言ったわけじゃないのに。

「ねえ、上田さん」

「うん？　何？」

「前に真樹夫ちゃんのこと、変態って言ったでしょう。あれ、訂正しといて。ちゃんと優しかったから」

「…晴くん。十年も甥っ子に片想いで手も出せない男は、俺からしたら十分変態だよ」

「何だ、そういう意味か。じゃ、いいや」

「晴」

「いいじゃん。それなら俺も変態なんだから、一緒でしょう？」

テーブル越し、にっこり笑って手を差し出す。

真樹夫ちゃんはちらっとからかうような顔をしてる上田さんを見ると、チッと舌を鳴らしてから俺の手をパチンと叩いた。

「シナリオはお前が書けよ、上田。なるべく早く引っ越しするから」

と、照れたように吐き捨てて…。

見守る目

大学の友人、鳥谷《とりたに》を俺は変わった男だと思っていた。男受けもいい、女受けもいい、だが特定の恋人がいないからだ。

容姿《ようし》はいいし、頭もいいのに、だ。

俺は、高校の時から男に惚《ほ》れる自分の性質を（性癖《せいへき》とは言いたくない）知っていたので、最初はそういう意味もあって彼に近づいた。

「上田成美《うえだなるみ》っていうんだ、ヨロシク」

鳥谷は愛想《あいそ》のいい男で、俺達はすぐに親《した》しい友人になった。

友人になってしまうと、彼が自分の好みのタイプではないことを知って、俺はそういう意味での興味《きょうみ》をなくし、単なる友人として親交を深めることにした。

話をしてみると、彼は、両親は既《すで》に還暦《かんれき》過ぎ、上には美人の姉さんがいるが結婚済みで何と大学生にして叔父《おじ》さんだった。

「もう激《げき》カワなんだよ。見るか、写真？」

と言って見せてくれた彼の甥《おい》と姪《めい》は、子供服のモデルよりも可愛《かわい》かった。

彼が特定の恋人を作らないのは、その姉と姪達のせいらしい。

彼は暇《ひま》があれば姉さんの家へ行き、チビッ子二人の面倒《めんどう》を見ているから、時間がないのだ。

もったいないとは思ったが、個人の幸福は個人のもの。恋が一番じゃなくたって本人が満足していればいい。俺だって、女より男を選ぶことの方が幸福だという一般的ではない人間なのだから、今更《いまさら》他人を普通と違うと言う気にはならなかった。

鳥谷もリベラルな人間で、ふとしたことから俺がゲイだと知っても態度を変えるようなことはせず、俺達はいい友人だった。

だが一度、彼は俺から距離を置いたことがあった。

バイト先の友人に誘《さそ》われて行った夏祭り。

偶然《ぐうぜん》出会った鳥谷は小学生ぐらいの男の子と一緒にいた。

それがあの甥っ子の晴《はる》くんだというのは見てすぐにわかった。

俺は彼との偶然の出会いに喜び、バイト先の友人を紹介し、子供の世話が終わったら飲まないかと誘ってみた。

それから少し立ち話をして、ふっと気づくと彼は甥っ子がいないことに気づいた。

祭りの喧噪《けんそう》。

周囲には似たような浴衣《ゆかた》姿の子供達。

鳥谷が顔色を変えて子供を探す姿を見て、俺も友人と別れて子供を探すのを手伝った。

迷子《まいご》係に行って呼び出しをしてもらったり、社務所《しゃむしょ》に届けたり、辺りを子供の名前を呼びながら走り回り…。

だが、結果は最悪だった。

人のいない場所。

再び見つけた鳥谷は、見知らぬ男を殴《なぐ》り倒していた。

相手が死んでもいい、そう見えるほど激《はげ》しい怒りを持って。

その理由はすぐにわかった。

傍《かたわ》らに呆然《ぼうぜん》と転がっていた彼の甥っ子の姿を見れば。

俺はすぐに鳥谷を止めた。

「ここで騒《さわ》ぎになったら、子供が何をされたかみんなに知られるんだぞ！」

という一言が彼の拳《こぶし》を止めた。

後は引き受けるから、お前はとにかく子供連れて帰れ。心が一番の問題だから、なんにも問い詰めるな、叱《しか》るな。親にも言ってやるなと言い含《ふく》めて。

その後、彼は俺に近づいて来なくなってしまった。

連絡も取らなかった。

その気持ちはわかる。

鳥谷はノンケで、子供を愛していた。そんな男が、変質者に可愛い甥っ子を強姦《ごうかん》されたのだ、たとえ俺は関係ないと言っても気にしないわけがないだろう。

むしろ、そのことで抱いた消えない怒りを俺にぶつけることを恐れて、気遣《きづか》ってくれていたのかも知れない。

いつか、鳥谷がその記憶《きおく》を風化《ふうか》させることができたら、その時に俺に対する友情が残っていたら、きっとまた近づくことはできるだろう。

恋ではないので、離れることに寂《さび》しさは感じても耐えられないことではなかった。

懐《なつ》かしいな、そんな一言で笑って再会できるだろう。

そうして数年後、番号を変えなかった俺の携帯電話に彼からの連絡が入った時、ようやくその時が来たのだと思った。

けれどそうではなかった。

「…好きなんだ」

再会を懐かしむためのバー。

アルコールを入れた勢いで彼が口にした告白は、驚くべきものだった。

「晴の、細い手足を抱きよせてやりたくなる」

鳥谷は、あの甥っ子に恋をしていた。

相手は自分の甥、しかも悲惨《ひさん》な過去を持ち、自分を叔父として信頼している相手。更にまだ中学生ときている。

「他に相談できる相手がいなかった。…すまん」

俺が男を愛する人間だと知っているから、甥っ子に何が起きたか全てを知るたった一人の人間だから、彼は正直な気持ちを吐露《とろ》し、救いを求めた。

俺にはまだ彼に対する友情が残っていたし、マイノリティとしての同胞愛《どうほうあい》も感じていたので、丁度《ちょうど》その頃立ち上げようとしていた飲食店に彼を誘うことにした。

「家を出ろよ。一人で暮らして、甥っ子と距離を置け。他の人間にも目を向けてみろ。それでも気持ちが動かなかったらそれはそれでいいんじゃないか？」

「許すのか？」

「俺にお前を許せない理由がない。禁欲的《きんよくてき》な恋も素敵《すてき》だろ？　俺には無理だが」

「上田は変わった男だな」

「俺は自由なんだ」

実際、俺は自由だった。

家族にはカミングアウト済みで、しがらみというものを持っていなかった。

五人目の恋人とは別れたばかりで、人恋しい時期でもあったので、傷ついた友人を慰《なぐさ》める自分に酔っていたのかも知れない。

そんなわけで、俺はずっと鳥谷を見ていた。

家族が大切で、たった一つの恋に殉《じゅん》じようとしている真面目《まじめ》な男を。

晴くんが高校に入学したことも、大学に入ったことも、ガールフレンドができたことも、みんな鳥谷から聞かされて知っていた。

彼等を見ていることは、そう…育成ゲームを見ているような感じだった。

ゲームに興《きょう》じれば、最後にはハッピーエンドを見たいと思うのは当然なので、俺はそんな日が来なかったとしても、二人のハッピーエンドを期待していた。

たとえそれが『お互い別の恋人を得ました』というものであろうとも。

その間にも、俺の相手は何人か入れ替わったが、鳥谷の気持ちはブレなかった。

これは夢だ。

鳥谷の恋が、俺の夢になったのだ。

こんなにも長い間、触れることもせずキス一つせず、たった一人の人を想い続けるなんて、現実的じゃない。

だからこそ、興味は尽きなかった。

そうしてスーツに身を固めた晴くんが俺達の店に姿を見せるようになると、ひょっとしたらこっちも脈《みゃく》アリなんじゃないかと思うようになった。

面白いほど、彼の視線は鳥谷に向いていたので。

だがゲームのプレイヤーはゲームの世界には入っていけない。

しかも彼はあの事件を忘れているとのことだったので、過去について語ることはできなかった。

「上田さん、恋人いるの？」

「ああ、いるよ」

「それ、真樹夫《まきお》ちゃんじゃないよね？」

「鳥谷？　あはは…、まさか。俺の好みじゃないね」

「ホント?」

でもそんな質問を俺にぶつけてくること自体、子猫が自分のテリトリーを守るために生《は》えたての牙《きば》を剥《む》いて威嚇《いかく》してるみたいじゃないか。

俺だったら、絶対にこの時点で一歩踏《ふ》み出す。

鳥谷の立場なら晴くんを襲《おそ》っちゃうし、晴くんの立場なら鳥谷に夜這《よば》いをかけただろう。

でも俺は彼等じゃないし、彼等は俺ではないから、見守るしかできなかった。

可愛くて、可哀想《かわいそう》な友人と知り合いの子供に、いつか幸福が訪《おとず》れるようにと祈りながら。

なので、真夜中の電話で叩き起こされた時、俺が感じたのは喜びだった。

その時恋人との一戦を終えて、幸福な眠りについていたとしても。

『その…。挿《い》れたら晴が熱を出したんだが、こういうもんなのか…?』

消え入りそうな声での相談。

「合意《ごうい》なんだな?」

思わず受話器の向こうに問いかけた。

『当たり前だ!』

ああそうか。

ではハッピーエンディングを迎えることができたのだ。

「どうせ微熱《びねつ》だろ。ナマでやったなら精液《せいえき》が簡単な拒絶反応《きょぜつはんのう》でも起こしてるんじゃないのか?

でなけりゃ知恵熱《ちえねつ》だな。一日寝かせて様子見て、熱が下がらなかったら解熱剤《げねつざい》でも飲ませとけ。ついでに、オメデトウ」

『…ありがとう』

俺は知っていた。

鳥谷の苦悩を、晴くんの拙《つたな》い愛情を。

二人の焦《じ》れったいほどの純愛を。

そして初めて知った。

他人の幸福を我がことのように喜べるなんてことが本当にあるのだと。

ままごとみたいにささやかな恋愛を育《はぐく》む彼等には、これから先辛《つら》いこともあるだろう。

だが自分だけは、彼等にとって悪い環境にならずにいたい。

ここまで付き合ったのだから、最後まで見届けたい。『そして幸せに暮らしました』という結末が、物語以外にも存在するのかどうか。

その言葉の後に、まだ幸福が続いてゆくのかどうか。

「上田さん、訊いてもいい？」

だって面白《おもしろ》いだろう？

「インサートって、どれぐらいたったら慣れるの？」

小さな子供だった晴くんが大人になって、真顔でこっそりとこんなことを質問するなんて。

「個人差だな。でもゴムを付けるのは忘れないようにな」

「じゃ、もう一つ。上田さんって、『受』なの、『攻』なの?」

「それは秘密です」

だからこれからも大切に見守ってゆくつもりだった。

ささやかな俺の夢ってやつを。

あとがき

皆様、初めまして。もしくはお久し振りでございます、火崎 勇です。

この度は、「守る手 襲う手」をお手に取っていただき、ありがとうございます。

そして、イラストのCiel様、素敵なイラストありがとうございます。本当に今回はご迷惑《めいわく》をおかけしました。ごめんなさい。鳥谷《とりたに》、気に入ってます。出番少なくてすいません。

担当のO様、色々ご迷惑をおかけしました。ありがとうございます。


さて、今回のお話、いかがでしたでしょうか？

守る手と襲う手と、どちらを望むか。守る手も襲う手も、恋人の手ならばどちらでも。何て感じのタイトルです。

紆余曲折《うよきょくせつ》というか、ストレートな恋の道なのに、ゴール前でずっと足踏《あしぶ》みしていた、みたいな二人ですが、こうなったからにはラブラブ一直線でしょう。

しかも、過去を乗り越えてしまえば、晴《はる》の方が積極的のような気がします。

過去の事件は、実は鳥谷の方がトラウマなんじゃないかな。当時の彼は同性愛者ではなかったので、上田《うえだ》のことを聞いてもどこか遠い話のように思ってたと思います。

それが可愛《かわい》い甥《おい》っ子にとって悪いものになってしまった後に、自分がそうなったことで、まるで自分が晴を襲ったような罪悪感に苛《さいな》まされたのでは？　だから余計に好きと言えなかった。恋人になっても、まだそういう遠慮《えんりょ》を抱えているのでは？

でも晴の方は「相手が真樹夫《まきお》ちゃんならオールオッケー」なので、イニシアチブは晴の方が握《にぎ》ったりして。若いし…。

でも、相手が鳥谷ではないと、また恐怖に捕われることがあるかも知れないので、新たに晴狙《ねら》いの人間が出てくると大変かも。今度は恋人として戦う権利がありますから、鳥谷は戦いますよ。叩き出すぐらいのことじゃ済まないかも。

実は鳥谷は武闘派《ぶとうは》のような気がします。ただ、晴の前ではおとなしくしているだけで。

ちなみに、プロット段階で可哀想《かわいそう》と言われたので、須川《すがわ》くんはいつか中山と…、と考えてます。ただその時、彼が受か攻かはわからないですが（笑）。

そして受か攻かと言えば、上田も謎です。上田は二人のよきアドバイザーになってくれるでしょうが、彼の恋はどうなるんでしょうね？

鳥谷武闘派編と共に、ちょっと興味があります。

それではそろそろ時間となりました。またどこかでお会いできるのを楽しみに…。

もえぎ文庫をお買い上げ頂き、ありがとうございます。
この作品を読んでのご意見・ご感想をお待ちしております。

【宛先】〒141-8412　東京都品川区西五反田2-11-8-17F
（株）学研パブリッシング「もえぎ文庫編集部」

守る手 襲う手

著者：火崎 勇　イラスト：Ciel

2011年3月29日初版発行

発行人　土屋俊介
編集人　脇谷典利
総括編集長　近藤一彦
編集　寺澤 郁

発行所　株式会社 学研パブリッシング
〒141-8412　東京都品川区西五反田2-11-8

発売元　株式会社 学研マーケティング
〒141-8415　東京都品川区西五反田2-11-8

企画編集　ひまわり編集事務所
本文デザイン　企画室ミクロ
印刷・製本　図書印刷株式会社

★ご購入・ご注文はお近くの書店にお願い致します。

★この本に関するお問い合わせは、次のところにお願い致します。
●編集内容については〔編集部直通〕03-6431-1499
●不良品（乱丁・落丁）については〔販売部直通〕03-6431-1201

★学研の商品についてのお問い合わせは「学研お客様センター」へお願い致します。
〒141-8418　東京都品川区西五反田2-11-8
電話　03-6431-1002

●もえぎ文庫のホームページ　http://gakken-publishing.jp/moegi/